Albert Memmi

Das kleine Glück

ALBERT MEMMI

DAS KLEINE GLÜCK

52 Betrachtungen

aus dem
Französischen
von
Kirsten Kleine

VERLAG DONATA KINZELBACH - MAINZ

Ich habe mich entschieden, glücklich zu sein,

das ist besser für die Gesundheit.

Voltaire

ISBN 3-927069-43-4

Druck: Interprint, Malta

Einführung

Das Glück in Krümeln

Wie Gold, das in Splittern gefunden wird, zeigt sich Glück in Form von Krümeln: Sollen wir es deswegen aber verachten?

Völker sind von Natur aus Hedonisten, ihre Moralisten selten. Diese Erfahrung habe ich gemacht. Fünf Jahre lang gestaltete ich in der Zeitung *Le Monde* eine Rubrik unter dem Titel *Glück*, in der ich geduldig, Stück für Stück, die bescheidensten Mittel aufzählte, zum Glück zu gelangen, ohne allzu große Sorge, eine Philosophie daraus abzuleiten.[1] Wenn die Post, die ich erhalten habe, in ihrer Fülle und Herzlichkeit Zeuge für die Gunst der großen Leserschaft ist, dann sind die Gelehrten seltsamerweise zurückhaltender. Zu wagen, vom Glück zu sprechen, und - noch schlimmer - zu wünschen, es zu genießen, scheint ihnen ein wenig einfältig und anstößig. In jenen Wochen, in denen ich meine Mitarbeit einstellte, veranstaltete die Redaktion eben dieser Zeitung mit Unterstützung der Universität von Maine ein großes Kolloquium unter dem Titel: *Wo ist das Glück?* In einer der Publikationen, *Die Welt der Debatten*, war eine Untersuchung über *Die Orte des Glücks* veröffentlicht; die Tageszeitung *Libération* befragte mehrere Persönlichkei-

ten, *L'Express* widmete dem Glück eine Sonderausgabe (15. September 1995) ...
Journalisten sind schlaue Leute, sie kennen die Erwartungen ihrer Leserschaft. Beweise gäbe es genug, wenn ich welche bräuchte, daß jenseits des Schweigens das Glück sehr wohl das Streben der meisten ist.
Warum diese Trennung? Warum sind Moralisten allesamt Spielverderber? Darin sind sie wahrlich Meister. Um zusammen zu leben, müssen wir unsere Wünsche und Begierden zurückhalten. Sobald es irgendwelche Gesetze gibt, können wir uns nicht mehr auf jede beliebige Frau stürzen, noch die Güter des anderen gewaltsam wegnehmen. Das gemeinsame Leben verlangt beidseitige Opfer, Ordnung schließt Glück aus, zumindest mindert sie es.
Freud geht so weit, daraus eine Art Tragödie zu machen: es gäbe einen Widerspruch zwischen der Freiheit individueller Antriebe und den Zwängen kollektiven Lebens. Und tatsächlich gibt es Selbstsucht, wenn nicht gar Egoismus im Glück.
Das ist genau die Gleichung für Glück. Aber heißt ihre Lösung, einen ihrer Faktoren zu unterdrücken? Das ist die von den Moralisten gewählte Lösung: Ihnen liegt mehr daran, die Gruppe und ihre Werte gegen das Individuum zu verteidigen als umgekehrt. Als ob das Individuum der Feind sei, den es zu schwächen gilt, selbst auf die Gefahr hin, ihm irgendeine ideologische Kompensation vorzuschlagen, ein metaphysisches oder revolutionäres Paradies in sehr ferner Zukunft, so wie Soldaten Hel-

dendenkmäler in Aussicht gestellt werden, um sie in ihrem augenblicklichen Leid zu trösten. Der Held - moralisch oder historisch - wäre der, der in sein eigenes Opfer einwilligt.
Also gut, wagen wir es auszusprechen: Es handelt sich hier um eine Fehlinterpretation, wenn nicht sogar um eine Entgleisung der Moral. Wozu dient die Moral, wenn sie - um zu funktionieren - die Verkrüppelung des Lebens erforderlich macht? Um die Formulierung zu parodieren: Der Mensch ist nicht für die Moral gemacht, sondern die Moral für den Menschen.
Das individuelle Glück ist weder minderwertig noch ein Anhängsel der Lebensführung, weder skandalös noch illegitim. Es ist eine wesentliche Zutat: „Die Suche nach Glück führt nirgendwo hin", schreibt ein Publizist. Ein wenig hat er recht: Sie führt nur zum Glück; aber ist das denn nichts?
Weit davon entfernt, sich gegenseitig auszuschließen, bedingen sich die Sehnsüchte nach Glück. Nur selten wissen wir uns ganz allein glücklich; unser Glück ist weitgehend abhängig von unserer gegenseitigen Zuneigung. Und sobald es einen Konflikt gibt, ist das gemeinsame Gesetz da, um das Recht des einzelnen auszusprechen und zu garantieren. Aufgabe der Moral ist es, die Erwartungen des einzelnen in einem kollektiven Kontext zu regeln.
Offensichtlich sind wir weit entfernt von absoluten Sittenlehren, die bedingungslose Unterwerfung fordern, bis hin zum totalen Opfer von Individuen. Das zeigt doch, daß wir wissentlich zum Menschen als

Absicht der Moral zurückkommen. Eine Moral, die wirklich um Glück besorgt ist, kann sich nur auf eine entschieden humanistische Philosophie gründen, auf einen nachsichtigen und relativen Humanismus. Das bedeutet auch, absolutes Glück zurückzuweisen, das meist illusorisch ist, und einem Glück in Krümeln zuzustimmen, es nicht vorüberziehen zu lassen, wenn es sich zeigt. Jeder ist schließlich seines eigenen Glückes Schmied.
Was geschieht, wenn wir ironisch gefragt werden: „Was schlagen sie als Humanisten also angesichts einer Krise vor, die die Gemüter erschüttert?“ Ganz einfach: Wir erinnern daran, daß der Mensch wieder das Ziel der Pädagogik und der Politik werden muß; daß nichts, weder Gruppe noch Ideale - ohne sie gering zu achten - vor der Sorge um den Menschen rangiert. Heißt das, nichts vorzuschlagen? Wer bietet mehr?

[1] Diese Texte, die zunächst in der Zeitung *Le Monde* erschienen, wurden in einem Band unter dem Titel *Bonheurs* (Arléa, Paris 1992) herausgegeben. Der vorliegende Band besteht aus Texten, die in *Le Monde* und in *Le Figaro* erschienen. Die unter dem Titel *Ah, quel bonheur! - L'Exercice du bonheur* (Arléa, 1995) erschienene Sammlung wurde für die deutsche Ausgabe vom Autor überarbeitet, aktualisiert und ergänzt. „Um den Lesern eine Begleitung durch das Jahr zu sein, wurde die Anzahl der Betrachtungen auf 52 erhöht. So hält der deutsche Leser in gewisser Weise eine bislang unveröffentlichte Sammlung in Händen.“ (Albert Memmi, 1997)

Die Früchte des Friedens

Ich werde meine Kandidatur für den Friedensnobelpreis einreichen. In Oslo wird man sich darüber wundern: Es ist weder öffentlich bekannt, daß ich zwei Nationen davon überzeugt hätte, keinen Krieg mehr gegeneinander zu führen; genausowenig habe ich die gewaltlose Befreiung eines Volkes erreicht oder ein Massaker an irgendeiner Minderheit verhindert. Die gewissenhaften Skandinavier werden meine Bewerbung jedoch registrieren und mich befragen, worin denn meine Verdienste bestünden. Ich werde antworten: „Ich habe Frieden mit mir selbst geschlossen! Glauben Sie, das sei einfacher und weniger verdienstvoll als irgendein diplomatisches Vorhaben? Das Ergebnis jedenfalls ist wunderbar, das kann ich Ihnen versichern. Ach, welch ein Glück!“

Die Schachtel mit Komplimenten

Schenken Sie jeden Tag eine Blume

In seinem Buch *Schöne neue Welt* stellt sich der englische Schriftsteller Aldous Huxley eine Glückspille vor... um ihre Übeltaten anzuprangern. Huxley ist Puritaner; eine solche Pille existiert: Ohne irgendwelche schädlichen Wirkungen läßt sie die Augen leuchten, die Wangen erröten und den Kopf wieder heben: Sie heißt Kompliment.

Einige verkünden stolz: „Ich verabscheue Schmeichelei!“, „Ich sage immer, was ich denke.“ Die gute Tugend! Sie bleiben bei der Wahrheit, aber wer fragt sie danach? Sind sie sicher, daß die anderen sie immer hören möchten? Marc Aurel rühmte sich naiv damit, immer die Wahrheit zu sagen. Natürlich, er war Herrscher, wer hätte es gewagt, ihm die Meinung zu sagen?

Habe ich unreine Haut, glanzlose Augen und zeige meine Erschöpfung? Ich will es vergessen. Habe ich einen bösen Text geschrieben? Dann ist es nicht nötig, von irgend jemandem daran erinnert zu werden, da ich es bereits wußte. Dienen Sie der Wahrheit, oder bedienen Sie sich ihrer, um Ihre schlechte Laune an jemandem auszulassen?

Komplimente zu machen heißt nicht zu lügen, sondern auf dem Guten zu bestehen. Wenn Sie die Wahrheit lieben, warum sie nicht auch dann sagen, wenn sie angenehm ist? Man wird nur die Hälfte glauben? Das ist doch schon beachtlich! Warum die Leute nicht von ihrer guten Seite nehmen, wie es Epiktet netterweise vorschlug?

Der amerikanische Soziologe Dale Carnegie empfahl die gleiche Pille wie Huxley, aber mit folgender Gebrauchsanweisung: Heben Sie bei Ihrem Gegenüber einen offensichtlich positiven Zug hervor; einen finden Sie immer: jener hat einen heiteren Charakter, jene schöne Augen, jene hat eine stattliche Erscheinung. Sie können sicher sein, allen die Wahrheit zu sagen; schließlich wollen alle sie auch legitimerweise hören.

Aber noch einmal: Warum, meinen Sie, unternehme ich eine solche Anstrengung? Ich werde die Frage umdrehen: Hören Sie nicht auch gerne Komplimente? Machen Sie welche, dann werden auch Sie welche bekommen. Wie in der Liebe: Über das Vergnügen des Gebens hinaus ist das Kompliment eine indirekte Art, sich selbst zu beschenken.

Füttern Sie Ihre Kinder mit diesem Vitamin für den Charakter, sie werden dadurch liebenswürdiger. Schenken Sie Ihrem Partner eine Schachtel mit Komplimenten, die Sie ständig vergrößern; geben Sie jeden Tag eine Blume dazu, nicht unbedingt die teuerste, eine der Saison, Ihren Mitteln angemessen: Ihre Frau verdient eine solche Ehre.
Wenn wir wüßten, an welchem Punkt das Kompliment wirksam ist, würden wir es mit vollen Händen austeilen, in den Schulen, Kasernen und Unternehmen.
Die Komiker, die davon ein Lied singen können, machen es systematisch: „Du bist gut gewesen!“ „Warte, ich möchte dich umarmen.“ Ergebnis ist, daß alle allen gratulieren und alle sich umarmen; vielleicht ist es exzessiv, aber es ist wunderschön.

Die Zärtlichkeiten

In jedem Alter sehnen wir uns nach Zärtlichkeiten

Eine Kinderärztin behauptet, der Embryo sei empfänglich für die verschwenderischen Zärtlichkeiten auf dem Bauch seiner Mutter. Ein anderer Arzt bezeichnet dies als „Tätscheleien". Ich weiß nicht, wer von beiden recht hat, aber ich bin geneigt, der zärtlichen Ärztin zu folgen; ich bin überzeugt, alle Lebewesen sind geradezu gierig nach Zärtlichkeiten.

Selbst die Tiere tauschen Zärtlichkeiten aus, Pferde reiben ihre Mäuler aneinander, Katzen lecken ihre Jungen. In dieser Hinsicht haben unsere Gefährtinnen mehr Glück als wir Männer: Sie haben sich das Recht auf Tränen und das Mitteilungsbedürfnis bewahrt; umarmen sich gegenseitig, liebkosen sich und betätscheln ihre Haare.

Die Männer machen es, solange ein stillschweigender - aber sehr spät entwickelter - Verhaltenskodex sie nicht daran hindert: Bei Cervantes, Le Sage, Rousseau und noch bei den Romantikern weinten und umarmten sich Männer. Heute brauchen wir schon besondere Umstände, die Überschwenglichkeit im Sport beispielsweise. Sehen wir Handwerker oder Bürokollegen genauso miteinander umgehen?

Diese Härte rührt von einem Mißtrauen gegen den Körper. „Ein Junge weint nicht!“, das heißt letztlich: Ein Mann muß stark sein, um die Schwierigkeiten der Existenz zu überwinden. Aber man kann weinen und sich dennoch hart schlagen. Als der tapfere Olysseus vom Unglück seines Königreiches erfuhr, so erzählt Homer, was tat er da? Er fing an zu weinen, dann bereitete er sich auf einen Kampf vor. Wie das Weinen, so sind auch Zärtlichkeiten nur der freie Ausdruck des Gefühls; sie mindern weder Mut noch Würde.

Das Mißtrauen gegenüber dem Körper ist auch die Angst vor dem eigenen Geschlecht. Aber nicht jede Zärtlichkeit ist erotisch; so wenig wie jeder menschliche Bezug es ist. Was also tun, damit er es nicht ist? Selbst die Scham - viel mehr als eine entschiedene Zurückweisung - ist oft eine Frage nach Aufschub.

Plotin wehrte sich hartnäckig dagegen, seine Büste meißeln zu lassen; es bedurfte der List eines Schülers, die Züge des Philosophen fest-

zuhalten. Was hatte er mit dieser miserablen Umhüllung der Seele zu schaffen? Aber die Umhüllung sind wir selbst; wenn eine Seele existiert, ist sie nicht vom Körper zu trennen. Ein Tropfen Wein, eine Beruhigungstablette würde genügen, uns davon zu überzeugen.
Epikur schrieb, das Glück des Friedens bedürfe der Seele und der Gesundheit des Körpers. Man könnte hinzufügen, die Gesundheit des Körpers bedinge den Frieden der Seele. Ein arabisches Sprichwort besagt: *Die Männer werden im Alter weise und die Frauen Matronen.* Es erklärt nicht, warum: weil die Männer sich weigern, die Frauen zu hofieren und die Frauen sich weigern, hofiert zu werden.
Statt unserem Körper zu mißtrauen, vertrauen wir ihm doch lieber; er wird es uns danken. Die Römer gingen jeden Tag in die Bäder. Während wir hier in Europa davon abgekommen sind, nimmt die japanische Jugend diesen Weg wieder auf, oft beide Geschlechter zusammen.
Wir alle sind begierig nach Liebe; vom Säugling bis zum alten Menschen brauchen wir Zärtlichkeit, mit Händen und mit Worten. Als Echo auf die gesegnete Kindheit? Aber es ist nichts Verfängliches daran: So sind wir. Wollen Sie einem Sterbenden eine letzte Hilfe erweisen? Dann halten Sie seine Hand.

Die schöne Maschine

Seien Sie geduldig mit Ihrem Darm

Ein Unternehmer erzählt stolz, er bringe jeden Morgen sein Auto auf Hochglanz und kontrolliere die Mechanik von einer Grube aus, die er in seiner Garage gegraben habe. Erst danach könne er frühstücken und sich anziehen, schnell jedoch, denn dann müsse er zu seinen Baustellen hetzen.

Die meisten Leute pflegen ihr Eigentum mehr als ihren Körper. Sie vernachlässigen so das einzige Werkzeug, das ihnen erlaubt, all die anderen zu nutzen. Wenn unser Blick sich senkt oder unsere Augen müde werden, was nützt es dann, schöne Bücher zu besitzen oder eine Goldkette nach dem letzten Modeschrei?

Die Zeitungslektüre, sagte Hegel vergnügt, ist das Morgengebet des modernen Menschen. Es ist eine Art, den Puls der Welt zu fühlen; will der gesunde Menschenverstand nicht, daß wir uns vor allen anderen Dingen zuerst um uns selbst kümmern?

Unser Körper, das sind wir selbst. Die meisten unserer Vergnügen und unserer Leiden sind von unseren Sinnen abhängig. Ein wenig Alkohol oder Kaffee genügen, schon ändert sich unsere Laune, oft ohne unser Wissen. Wir sollten den Gedanken mißtrauen, die im Fieber oder in der Schlaflosigkeit entstehen.
In jungen Jahren nahm ich mir regelmäßig am Ende der Ferien - in der Sonne und mit viel Bewegung - vor, weiterhin Sport zu treiben, meinen Geist täglich durch eine Logikübung zu trainieren und mich in Fremdsprachen zu perfektionieren.
Und nicht weniger regelmäßig vernachlässigte ich diese exzellenten Vorsätze in der gleichen Reihenfolge: Das körperliche Training langweilte mich als erstes, dann das geistige, das Üben der Sprachen hielt einige Wochen länger an.

Die Asiaten haben mehr über die Möglichkeiten des Körpers nachgedacht als wir. Wir sind nicht verpflichtet, ihnen in ihren Philosophien zu folgen, aber wir können von praktischen Übungen profitieren, die daraus entstanden.
Der Körper hat seinen eigenen Rhythmus; deshalb sollten wir ihn - außer für ein vorübergehendes Spiel - nicht in Aufruhr versetzen. Seien wir geduldig mit unserem Darm. Warum über-

lassen wir unseren Partnerinnen die Hautpflege? Unser Gesicht ist unser Schaufenster und unsere Visitenkarte. Hygiene ist eine Höflichkeit sich selbst ebenso wie anderen gegenüber. Respektieren wir unseren Körper, er wird es uns redlich zurückgeben. Die schönen Alten waren schöne Junge, deren feste Muskeln das Gebäude noch halten. In gutem Zustand wird diese schöne Maschine instinktiv die Freude erlebter Morgenstunden wiederfinden.

Maske und Ohrpfropfen

Wir sollten Urlaub zu machen wissen

Was tun, wenn Sie zu denen gehören, die die unangenehm laute Musik der jungen Nachbarin ärgert? Angesichts der großen oder kleinen Übel faßten die Stoiker zwei Lösungen ins Auge: die Welt ändern oder sich selbst. Sie entschieden sich resolut für die zweite Lösung: Es ist besser, unsere Wünsche einzuschränken.
Descartes nahm diese Lektion wieder auf. Um sich die Pariser Streitigkeiten und Plackereien zu ersparen, zog er sich nach Amsterdam zurück. Anstatt über Maschinenlärm außer sich zu geraten, riet Gaston Bachelard, sollte man ihn als Brandung eines nahe gelegenen Meeres wahrnehmen.
Das scheint tatsächlich vernünftiger zu sein, aber ist es auch leichter? Wenn wir unsere Emotionen leichter beherrschen könnten, wären wir umsichtiger. Aber wer hat nicht schon die Nichtigkeiten von Exorzismen gegen die Schlaflosigkeit erprobt? Haben Sie jemals ver-

sucht, sich nachts vom regelmäßigen Aufprall eines Wassertropfens abzulenken?

Glücklicherweise gibt es einen dritten Weg: weder gegen die Welt zu kämpfen, noch gegen sich selbst, sondern eine Daunendecke zwischen die Welt und uns zu legen. Ein kleiner Junge, den ich kenne, schloß die Augen, um das erzürnte Gesicht seines Vaters nicht zu sehen; er hatte instinktiv eine gute Lösung gefunden: Er klammerte seinen Vater aus.
Der Sohn eines befreundeten Paares, spät von einer Reise zurückgekehrt, hörte Lärm im Zimmer seiner Eltern. Er klopfte an die Tür, aber da er keine Antwort erhielt, erlaubte er sich einzutreten. Er fand die beiden tief schlafend, Licht und Radio waren angeschaltet, aber die Mutter trug eine Schlafmaske und der Vater, noch mit einem Buch in der Hand, hatte die Ohren zugestopft.
Diese Geschichte verleitet zum Schmunzeln, zeugt sie doch von guter ehelicher Umsicht und Weisheit. Wenn Ihre jugendlichen Kinder sich des Telefons für lange Gespräche bemächtigen, installieren Sie einen zweiten Anschluß; anstatt auf den Fernseher Ihres Partners zu schimpfen, sollten Sie ihm lieber Kopfhörer schenken.

Ist das Egoismus? Montaigne ist während der Pestepidemie aus Bordeaux geflüchtet; um schreiben zu können, hielt sich Flaubert im Bürgerkrieg versteckt. Haben wir deswegen etwas verloren? Hätten wir es vorgezogen, wenn Montaigne Bürgermeister von Bordeaux geblieben wäre anstatt seine *Essays* zu schreiben?

Die Welt auszuklammern bedeutet nicht unbedingt Flucht. Napoleon zwang sich, vor der Schlacht zu schlafen. Zigarette oder Kaffeepause sind kurze Rückzugsmöglichkeiten, um danach besser arbeiten zu können. Horaz schien vor den Curiatiern geflohen zu sein; jedoch lediglich, um sie hintereinander zu besiegen.

Die Ludovics

Sich nicht in Situationen bringen,
die nicht zu kontrollieren sind

Während eines Abendessens griff ein junger Mann Marguerite Yourcenar heftig an; er warf ihr vor, geizig, pedantisch und sexuell pervers zu sein... Ich schaute nicht länger irritiert zu, sondern sprach in ziemlich strengem Ton mit ihm. Es ist unwürdig, auf den kleinen Schwächen großer Künstler herumzureiten und darüber ihre Erfolge zu vergessen.
Gide, dem ich mich genähert hatte, war selbst auch sparsam und sexuell noch zwiespältiger. Geradezu verwunderlich ist, daß beide aus ihren Schwierigkeiten heraus mutige und wegbereitende Texte über die Homosexualität hervorgebracht haben, *Corydon* und *Alexis oder die Abhandlung über einen vergeblichen Kampf.*
Am nächsten Morgen rief der junge Mann an und entschuldigte sich: er habe den exzellenten Wein unserer Gastgeber mißbraucht. Ich versicherte ihm, die Angelegenheit sei vergessen. Jedoch konnte ich mich nicht zurückhalten, ihm

scherzhaft zu sagen, daß er auf Alkohol lieber verzichten solle, wenn er ihn nicht vertrüge.

Einer meiner Freunde besaß einen hübschen kleinen Hund, der aber ein bißchen verrückt war; er hieß Ludovic. Dieser Ludovic hatte eine Manie: Sobald sich irgendein kleines Tier näherte, hängte er sich an dessen Fersen. Eines Tages, als er eine Katze verfolgte, fand er sich vor einem steilen Abgrund wieder: In Panik begann er zu wimmern, woraufhin sein Herrchen ihn holen mußte.

Ich bewundere die Einzelsegler, ihre Verzweiflungsrufe hingegen machen mir zu schaffen. Die ganze Erde dröhnt von ihren Klagen; Flugzeuge und Schiffe eilen zu ihrer Rettung, bringen das Leben der Retter in Gefahr.

Die Ludovics sind eine Legion. Die unvorsichtigen Alpinisten, die im Krankenhaus enden, die prahlerischen Autofahrer, die schreien, „Ich fahre, egal, um welche Uhrzeit!" und die nach dem Unfall murmeln, „Ich wußte nicht, daß..." Besser wäre, sie hätten vorher überlegt, daß der Schnee zu fest oder zu naß und die Straße vereist war.

Beugt die Vorsicht aller Unerschrockenheit vor? Verhindert sie es, sich selbst zu übertreffen, was in einem lebendigen Wettkampf oft notwendig ist? Nein, sie beugt vielmehr dem Scheitern vor. Nicht alle sind für die Gewitter des Herzens und der Natur geschaffen. Der Erfolg setzt eine richtige Einschätzung seiner selbst und der Umgebung voraus.
Eine jungverliebte Frau heiratet einen Homosexuellen: „Ich werde ihn ändern!“, beteuert sie herausfordernd; er hat sich nicht geändert - warum sollte er auch? So lebt sie nun ein Leben der Frustration und der Dramen. Sie hatte ihre Fähigkeiten überschätzt.
Wenn Sie keine geübten Beine haben, laufen Sie nicht ohne Vorbereitung Ski. Bringen Sie sich nicht in Situationen, die Sie nicht beherrschen können. Das ist keine Feigheit, sondern gesunder Menschenverstand. Die Profis der Straße liefern sich auch nicht den gefährlichen Kühnheiten der Sonntagsfahrer aus.

Der Rigodon

Es ist gescheiter, anderen Freiheit zuzugestehen, als sie in enge Abhängigkeit zu zwingen

Eine alte Dame gab ihrer Tochter den Rat: „Mach' es im Leben wie beim Rigodon: Drei Schritte zurück, damit der Partner zwei nach vorne machen kann." Ihre Tochter, die Romanschriftstellerin Hélène de Monferrand, erzählt von diesem Vorschlag.

Selbstverständlich gibt es keine Erfolgsgarantie; man riskiert sogar, die Kluft zu vergrößern. Wer andere auf Distanz hält, riskiert, daß sie dort bleiben. Es gibt nichts Angenehmeres, als zur Abgeschiedenheit zu gelangen, notierte Goethe wehmütig.

Der Rat ist allerdings gescheit. Nicht dadurch, daß wir an Leuten kleben, bleiben sie uns erhalten; vielmehr zieht man sie an, wenn sie den Eindruck haben, man entferne sich. Lieber die Freiheit anderer respektieren, als ihnen eine enge Abhängigkeit aufzwingen.

Unsere Ignoranz anderen gegenüber ist verblüffend. Von Zeit zu Zeit wird das Drama deutlich sichtbar: Wie konnten wir übersehen, daß unser Kind Drogen nimmt? Daß ein Freund sich zerstörte? Welch wunderbare Medizin kann ein herbeigesehntes Wort sein! Wie viele Mißverständnisse und Verletzungen wären vermieden worden, hätten wir im rechten Augenblick geschwiegen!
Aber wer hat sie uns beigebracht? Wo haben wir die Gefahren der Eitelkeit kennengelernt? Die destruktive Kraft der Eifersucht? Wir heiraten, ohne die Gefühle und Träume des anderen Geschlechtes zu kennen; wir werden Eltern, ohne zu wissen, was ein Säugling ist.
Diese Schwierigkeit liegt in unserer Natur; wir brauchen Unseresgleichen und lernen von ihnen die Streiche; wir müssen sie bezaubern und - wenn nötig - bedrohen.

Unser Leben ist mit dem anderer verwoben. Hier liegt der Grund, warum der Tod eines geliebten Menschen so gravierend ist: Er zerreißt auch uns im gleichen Moment. Ein Arzt ohne Patient ist kein Arzt mehr; als er aufgehört hatte zu unterrichten, beklagte sich Aristoteles über die Einsamkeit und starb wenige Monate später.

Es ist ebenso notwendig, unseresgleichen zu kennen wie uns selbst. Die Veränderungen der Stimmung sind wichtiger als die des Wetters; die Topographie des Körpers ist wertvoller als die Geographie. Die Aufmerksamkeit für andere ist nicht nur ein ethischer Imperativ, sie ist die Voraussetzung für unser Überleben und der Schlüssel zu unseren Freuden; wir sollten eine systematische Lehre über die anderen einführen.

Der Spaziergang

Der Spaziergang ist eine kurze Reise:
Gehen Sie jeden Tag spazieren

Montesquieu bestätigt, nie länger als eine Stunde Kummer gehabt zu haben, wenn die Lektüre zerstreuend war. Für mich ist es der Spaziergang. Im letzten Jahrhundert wurde melancholischen Menschen und enttäuschten Verliebten geraten zu reisen; der Spaziergang ist eine ganz kurze Reise.

Der Deprimierte ist wie ein Ballon, der in sich zusammenfällt. Jedesmal, wenn die Welt Ihnen schwer erscheint, wenn Sie sich selbst zu einer Last zu werden scheinen, bleiben Sie nicht wie angebunden in Ihrem Zimmer, lassen Sie alles stehen und gehen Sie spazieren.

„In diesem Zustand habe ich zu nichts Lust! Ich habe keine Kraft!“

Gehen wir! Es bleibt Ihnen immer noch genügend Energie, sich anzuziehen und hinauszugehen. Gehen Sie, der Spaziergang wird das übrige tun. Wenn Ihr Körper in Bewegung kommt und all Ihre Sinne durch das Schauspiel der Straße beansprucht werden, werden Ihre Neurosen für eine kleine Weile verdrängt.

„Ich lese im Bus, in der Metro, selbst im Restaurant" ... Das wird mit Zufriedenheit gesagt, sogar mit Stolz. Sie haben unrecht! Für ein paar holprige Seiten entziehen Sie sich Ihresgleichen, ihren Gesichtern, Sie lassen sich nicht auf sie ein, kein stummer Dialog. Öffnen Sie lieber Ihre Augen und Ohren.

Ein amerikanischer Schriftsteller, verliebt in die Stadt Paris, hat einem seiner Texte den wunderbaren Titel *Paris - ein Fest fürs Leben* gegeben. Eine gut gewählte Straße ist das Resümee einer Stadt. Deprimiert oder nicht, jeden Tag werde ich an dem Fest teilnehmen, an dem großen kollektiven Jahrmarkt; ich gehe spazieren.

„Aber wie finden Sie die Zeit dazu?" „Ich nehme sie aus dem Vorrat für den Tag; man findet immer ein bißchen ungenutzte Zeit darin." „Und wohin gehen Sie?" „Irgendwo hin, ich wähle einen Weg, eine lange Straße oder ein Viertel, wo ich flaniere, gehe in die Höfe und spreche mit den Handwerkern." „Sie werden Sie nicht immer freundlich empfangen!" „Nein; für sie ist es Pech, sie werden dann eben nicht meine freundschaftlichen Worte ernten, aber im allgemeinen läuft es gut."

Dann gehe ich einen anderen Weg nach Hause zurück; ich bewundere die Schaufenster, in denen die Händler vor meiner Tür Produkte aus aller Herren Länder plaziert haben, die der Kunstgalerien, wo hübsche junge Frauen, die sich langweilen, mich empfangen, als sei ich Aga Khan.

Manchmal, wenn ich genug gelaufen bin, fahre ich den Rest der Strecke mit dem Bus. Paris ist nun ein anderes Fest, das der Dämmerung. Die Brücken tragen jetzt von Zeit zu Zeit Lichterketten zum Vergnügen der Touristen in den Booten; die Seine erleuchtet das grandiose Dekor ihrer Uferböschungen.
Der Himmel ist rot und violett, gestreift mit Spuren von gelb. Das ist genug für diesen Abend. Morgen werde ich das Viertel Saint-Sulpice besichtigen, seine opulente Fontäne und seine barocke Kirche, deren Ausmaß mich fasziniert, oder die Rue Saint Denis in ihrer ganzen Länge, liderlich wie bei Balzac; aber sie enthält auch Paläste, es genügt das Wagnis, die Tore aufzustoßen.
In dem hinreißenden Film *Sonntags nie* schließt der Regisseur seinen Bericht mit dieser Ermunterung: „Und jetzt gehen wir alle an den Strand!" Die Depression ist eine Leere der Seele; anstatt in ihr zu versinken oder zu ver-

suchen, sie durch irgendeine Droge zuzuschütten, probieren Sie doch zuerst die natürlichen Mittel, die der Körper spontan nutzt, um sich zu erholen: Gehen Sie spazieren. Wieder zuhause, aufgetankt, können Sie wieder beginnen davonzufliegen.

Die Wolkenwand

Schmollen ist vor allem ein wirksames Mittel, andere zu bestrafen

Gehören Sie zu jenen schrecklichen Menschen, die wegen eines Wortes, einer Andeutung, wegen nichts sofort zwischen sich und dem Rest des Universums - inklusive dem geliebtesten Wesen - eine unüberwindbare Mauer ziehen? Schmollen Sie?
Vor allem, seien Sie nicht stolz, nur weil es auch gütige Trotzköpfe geben mag! Der Trotzkopf nichtet sein Opfer, sieht es nicht, hört es nicht: „Ich rede kein Wort mehr mit dir!" heißt „Von nun an existierst du nicht mehr." Wenn wir von einer Reise zurückkehrten, taten die Kinder zuerst so, als ob sie uns nicht sähen und spielten weiter. Glücklicherweise eroberten Geschenke und Zärtlichkeiten sie bald zurück.
Der Trotzkopf gibt selbst die Legitimität vor; er ließe nur Gerechtigkeit walten. In *Die Katze*, einem exzellenten, von Simenon inspirierten Film, setzt ein Paar sich gegenseitig hart zu - beide sind überzeugt von ihrem guten Recht

und hüllen sich gleichermaßen in Schweigen. Schmollen ist eines der sichersten Mittel, den anderen zu bestrafen.

„Ich kann daran nichts ändern", erklären Sie, „es ist ein Gehäuse, das mich erstickt. Ich bin in einem Loch, aus dem ich alleine nicht herauskomme ..."
Sind Sie sicher, es nicht zu können? Geben Sie sich genug Mühe, dort herauszukommen? Dann erklären Sie mir doch, warum Sie zuhause schmollen und in Gesellschaft aufleben? Welches ist Ihr wahres Gesicht, welches Ihre Maske?
Aber meinetwegen! Sie haben zu verstehen gegeben, Sie seien das bedauernswerte Opfer einer grausamen Welt, Sie haben sich davon überzeugt, daß Ihnen keinerlei Gefahr droht. Es ist an der Zeit, diese Quarantäne zu beenden, in die Sie sich und andere stecken. Verlängern Sie diese Marter nicht, geben Sie endlich das Almosen eines lächelnden Gesichtes. Und wenn das Ihre Kräfte übersteigt, sobald Sie die Schrecken Ihrer Plage vorausahnen, dann verschwinden Sie in irgendeinem Trotz; Nachsicht, Anstand und Lebenskunst raten es Ihnen.

Sind Sie jedoch mit einem Trotzkopf zusammen, dann verstehen Sie den Trotz auch als Appell. Wenn Sie ihn schon lieben, reichen Sie ihm in seiner Verblendung die Hand; mit Ihrer Hilfe ziehen Sie ihn vielleicht aus seinem Loch ... falls er sie überhaupt ergreifen will!

Wenn nicht, gehen Sie! Schmollen ist eine Verwirrung des Charakters, Sie jedoch sind kein Experte in Psychotherapie. Trotz hat den Geschmack von Unglück. Niemand ist gezwungen, sein Leben trüben zu lassen; Sie sind nicht dazu prädestiniert, dieses Brot der Verbitterung zu teilen.

Sie können dem Schmollenden verzeihen, denn es ist Furcht, die dem Trotz innewohnt und zuerst den Trotzkopf selbst trifft. Aber dem Schmollenden fehlt es - gegen seinen unglückseligen Willen - an Liebe und Freundschaft. Suchen Sie lieber die glücklichen Menschen. Epikur war ein angenehmer Freund, was nicht verwunderlich ist: er war glücklich und nahm sich vor, es zu sein.

Regeln

Erziehung ist eine schöpferische Verpflichtung

Im Gymnasium erinnerte uns einer unserer Lehrer, der einige schöne Werke geschrieben hatte, an diese List von Demosthenes: Da er schwer stotterte, hatte er seinen Mund mit Steinen gefüllt; durch diese zusätzliche Anstrengung wurde er der berühmteste Redner Griechenlands.
„Ich bin Bauernsohn", sagte er, „mein Vater konnte kaum schreiben, meine Mutter überhaupt nicht; sie sprachen ausschließlich ihren Dialekt. Schon in der Grundschule mußte ich mich mit der ordentlichen Sprache herumschlagen: So bin ich schließlich Schriftsteller geworden."
„Erziehung ist eine Verpflichtung, auch wenn es einigen nicht gefällt, eine Verpflichtung, die sich auf Freiheit gründet. Ein Meisterstück ihrer selbst, mühsam erworben; später aber Quelle von Siegen und Freuden!"

Die Freiheit der Virtuosen in der Kunst oder in der Politik ist die Frucht strenger Disziplin. Es hieß, General De Gaulle habe improvisiert; ich meine, in seinen Gesprächen eine präzise Technik zu erkennen: einen Plan schmieden und diesen Leitfaden auswendig lernen.
Einer meiner Musikerfreunde, der das Glück hatte, Cortot zu beherbergen, der berühmt ist für die Souveränität seiner Darbietung, war überrascht zu entdecken, daß dieser große Pianist jeden Tag stundenlang Tonleitern übte.
Über die Verschiedenheit von Kulturen hinweg gleichen sich die Pädagogiken; ihr Ziel ist stets das gleiche: es geht darum zu lernen, sich in den Griff zu bekommen. Die moderne Psychoanalyse ist eine wiederholte Erziehung, ganz wie *Die geistigen Übungen* des Ignatius von Loyola oder das asiatische Yoga.

Die Romantiker und ihre surrealistischen Erben haben glücklicherweise die Freuden und Quellen der Spontaneität verteidigt. Allerdings erwiesen sie den Anfängern auch einen schlechten Dienst, indem sie sie glauben machten, es genüge zuzuhören, um ein Werk zu schaffen.

Der Beruf engt wahrscheinlich das Naturell ein, gibt ihm Form. Nichts ist notwendiger und fruchtbarer als eine akzeptierte Regel; nichts jedoch auch erholsamer. Was dem Schriftsteller seine Aufzeichnungen, ist dem Maler sein Skizzenbuch. Dieser tägliche Kampf gegen sich selbst führt zur sichersten Ausarbeitung ihres Werkes.

Der gute Erzieher weiß die emporschießende Phantasie des Schülers und die Erfordernisse des kollektiven Lebens in Einklang zu bringen. Indem er einen Teil des gemeinsamen Erbes übermittelt, sichert er ihm - und noch mehr der Gemeinschaft - ein neues Mitglied zu. So gesehen ist Erziehung auch die gewinnbringendste Investition.

Die neue Verbindung

Selbst der Tyrann braucht die Liebe einer Frau und die Zuneigung seiner Kinder

Trotz des unangenehmen Frühlingswetters bin ich auf dem Land; ich muß die Ameisen vertilgen, wenn ich ein paar Erdbeeren ernten will, das Unkraut jäten, um die Sprößlinge zu schützen, die Blattläuse ausrotten, um die Rosensträucher zu retten, Aluminiumstücke aufhängen, um die Vögel von den Reben fernzuhalten...

Ein unvermeidliches Schauspiel läuft ständig ab. Die Pflanzen können notfalls allein mit Sonnenenergie ihren Bedürfnissen Genüge leisten; die Tiere, zu denen wir gehören, können das nicht. Dieses unbezwingbare Defizit, das den Grund unserer Existenz ausmacht, müssen wir ununterbrochen ausfüllen - oder sterben. Das Ergebnis ist ein permanenter Kampf des einzelnen gegen alle. Um die Spezies fortzusetzen, wenden wir uns dem anderen Geschlecht zu; wenn es sich unserem Verlangen entzieht, wenden wir List oder gar Gewalt an. Um zu überleben, beschaffen wir uns Produkte der Erde; notfalls nehmen wir sie anderen weg. Die animalische Welt ist ein riesiger Kreislauf des Verschlingens, an dem wir mit unseren finsteren Schlachthäusern teilnehmen.

Diejenigen, die mit Jean-Jacques Rousseau behaupten, der Mensch sei von Grund auf gut, irren. Der Mensch verfügt nicht *per se* über die Mittel zu einer solchen Tugend. Mord, Raub und Vergewaltigung sind natürlich; mit einem Messer, einer Armee oder einem juristischen Manöver, das Ziel bleibt gleich: überzeugen oder nötigen, um zu herrschen ...

Und dennoch zieht es den Menschen unwiderstehlich zu seinesgleichen hin. Der schlimmste Tyrann braucht die Liebe einer Frau und die Zuneigung seiner Kinder. Der Mensch ist des Menschen Feind, aber gleichzeitig auch sein einzig wahrer Freund; die Menschlichkeit gründet sich auf diesen Vertrag, implizit oder explizit.

Schon die Tiere entdeckten, daß die Gruppe ein guter Schutz gegen Feinde und klimatische Rauheit ist. Unser wechselseitiges Bedürfnis nach unseresgleichen ist vom Ursprung her ein soziales Band. Was wir als unsere Werte bezeichnen, ist der Ausdruck dieser für unser Überleben notwendigen Bedingungen.

Mancher reagiert verschreckt auf das Infragestellen dieser Werte. Vielleicht ist es aber eine neue Chance für den Humanismus: Vielleicht ist es an der Zeit - befreit von allen utopischen oder interessengelenkten Schutzblechen -, den Menschen als wahres Ziel des Menschen zu betrachten und konsequent danach zu handeln. Warum nicht weiterträumen und sich vorstellen, diesen Vertrag auf Tiere auszudehnen. Auf dem Land verkaufen die Getreidehändler merkwürdige Fettklumpen. Als ich einen nach dem Nutzen dieser Kugeln fragte, antwortete er: „Sie sind für die Ziehvögel im Winter. Viele Leute legen sie in ihren Garten." „Zu welchem Zweck?" „Zunächst zu keinem, aber wenn die Vögel Hungers sterben, vermehren sich die Raupen stark und wir haben in der nächsten Saison keine Früchte mehr."
Wahrscheinlich haben wir keine andere Wahl: endlich die Gründung einer weniger grausamen Ordnung oder die Fortführung des Krieges. Wenn wir überleben wollen, müssen wir zu einer neuen Verbindung mit der ganzen Natur - die Menschheit eingeschlossen - übergehen.

VOM UMGANG MIT DER ZEIT

Wenn wir die Zeit zu sehr beherrschen wollen,
werden wir uns selbst lästig

Während der französischen Kolonialzeit sah ein Offizier, der sich nach Ouargla, einer Stadt im Süden Algeriens, begab, einen Beduinen, der die Straße entlanglief. Er hielt seinen Jeep an und schlug ihm vor, ihn mitzunehmen: „Du könntest vor ein Uhr in Ouargla sein!", sagte er zu ihm. „Ich habe einen Sack voller Datteln und meine Kürbisflasche ist voll", antwortete der Wanderer. „Ich habe für einige Stunden Verpflegung dabei, warum sollte ich früher in Ouargla sein?"

Vor einigen Jahren war ich zu einem der Seminare eingeladen, bei denen es um den Einsatz von Führungskräften ging. So habe ich einen allgemein bekannten Abgeordneten gesehen, einen Geistlichen hohen Ranges, der mit den Finanzen seiner Kirche beschäftigt war, Verantwortliche großer Unternehmen. Sie waren alle blaß, ausgezehrt, am Rande eines Nervenzusammenbruchs. Das Programm des Seminars bestand hauptsächlich darin, ihnen beizubringen, ihre Zeit anders zu organisieren: kurz, was der Beduine aus Ouargla instinktiv tat, konnten diese hervorragenden Funktionäre nicht: ihre Zeit zum besten ihrer Gesundheit einteilen.

Unser Ärger mit der Zeit resultiert aus einem Mißverständnis: Wir wünschen sie streckbar und verfügen doch nur über einen festen Rahmen, der für alle gleich ist. Wir stopfen ihn bis zum Maximum voll, akzeptieren Treffen Schlag auf Schlag, versprechen, an Sitzungen teilzunehmen, die sich überschneiden. Wie soll unser Organismus dieses Sich-Aufteilen ertragen? Wir wollen Zeit gewinnen und verlieren damit unsere Kräfte und den Geschmack an den Dingen.

„Ich schaffe nicht alles, was ich zu tun habe." Was ist dieses *alles*? Wer hat es Ihnen auferlegt? Sind Sie sicher, daß all diese Aufgaben wichtig oder gleich wichtig sind?

Machen Sie Inventur bei Ihrem Umgang mit der Zeit: mit Erstaunen werden Sie die Anzahl der lächerlichen und unnützen Aufgaben entdekken. Überdenken Sie all diese überflüssigen Apparate, die Sie anschafften, um es den anderen gleichzutun, und derer Sie sich niemals oder nur zu einem Zehntel ihrer Möglichkeiten bedienen.

Es geht sicherlich nicht darum, die Vorteile des Fortschritts abzulehnen. Es ist schön, vom anderen Ende der Welt her die Stimme eines geliebten Menschen zu hören; aber es wäre absurd, von einem Telefon zum nächsten zu springen, und sich dabei mit niemandem wirklich zu unterhalten. Wenn wir die Zeit zu sehr beherrschen wollen, werden wir uns selbst lästig.

Wir verstehen allmählich etwas von biologischen Rhythmen, die wir nicht ohne Schaden bezwingen können. Künstler kennen das: Jedes Werk erfordert seinen eigenen Zeitraum. Für das Brot gibt es die Backzeit wie für den Teig die Reifezeit.

Bedauern wir dies nicht: Es ist weder der Heißhungrige, der sich an der Nahrung am meisten erfreut, noch sind die Don Juans die glücklichsten in der Liebe. Das Wandern nach Art von Rousseau und Goethe hatte seinen Charme, und von den Japanern haben wir gelernt, wie sich mit einigen gut gewählten Blumen die ansprechendsten Blumensträuße gestalten lassen.

Ihr Arzt

Ein Arzt ist weder allwissend
noch mit magischen Kräften ausgestattet;
mit seiner Hilfe heilen Sie Ihre Krankheit;
helfen Sie ihm, Ihnen zu helfen

Im Wartezimmer gestand ein alter Mann mit schwarzer Sonnenbrille seine Anerkennung gegenüber unserem gemeinsamen Augenarzt. „Er ist ein großartiger Arzt! Ich könnte mich seiner Pflege nicht entziehen ..." Als ich dann an der Reihe war und vom Arzt empfangen wurde, berichtete ich ihm freudig von der Begeisterung seines anderen Patienten. „Ach", gestand er mir, „leider kann ich nichts für ihn tun: er ist vollkommen blind." „Sicherlich", sagte ich, „können Sie ihm das Augenlicht nicht wiedergeben, aber Sie helfen ihm, sein Nicht-Mehr-Sehen-Können zu ertragen, das allein ist schon wunderbar."

Ich habe mehrere Freunde, die Ärzte sind, wahrscheinlich, um einige dunkle Ängste auszutreiben, aber auch, weil ich Bewunderung empfinde für ihren herrlichen Beruf. Leiden erleichtern - was gibt es da noch zu diskutieren? Da sie Mediziner sind, nehmen sie eine zweite Natur an. Bei den meisten von ihnen muß es wohl Franz von Assisi gewesen sein.

Sie verdienen nicht schlecht daran, sind stolz und haben zuweilen gar Vergnügen am Herrschen. Aber gibt es etwas Natürlicheres? Nur weil sie Mediziner sind, sind sie nicht weniger Menschen. Sind wir ganz schuldlos an ihrem Verhalten? Wir wollen sie mächtig, um unsere Schwäche auszugleichen; kategorisch, um vollkommen abgesichert zu sein.
Ihre Fehler, die schwerwiegende Konsequenzen haben, werden ihnen vorgehalten. Aber auch ein Arzt ist am Ende eines Arbeitstages erschöpft. Würden wir ihn teilnahmslos und zerstreut eher akzeptieren? Wir wollen ihn gleichzeitig menschlich und stark. Dieser Zwiespalt spiegelt sein Mensch-Sein wider.
Vielleicht entscheiden sich einige aufgrund ihrer eigenen Furcht vor dem Tod, der in diesem Beruf immer anwesend ist, zurück in Labore oder zur Informatik zu gehen. Sie täuschen sich hinsichtlich des Bedürfnisses des Kranken, mit einem Menschen sprechen zu wollen, nicht mit einer Maschine oder einem Reagenzglas.

Ein Arzt ist weder allwissend noch mit magischen Kräften ausgestattet. Und Sie sind kein Kind mehr, selbst wenn man als Kranker ein wenig in diese Zeiten der Hilflosigkeit zurückfällt. Mit ärztlicher Hilfe sollten Sie Ihre Krankheit heilen. Gründen Sie ein Duo, in dem Sie eine der verantwortlichen Parteien sind: helfen Sie ihm, Ihnen zu helfen.
Gehören Sie zu denen, die die Wahrheit hören wollen, aber nicht sofort? Drängen Sie ihm ein Thema auf, das Ihnen genehm ist. Der Arzt muß kompetent in seinem Fach sein, aber auch adäquater Mittler zwischen dem Patienten und der Krankheit.
Wenn er es ablehnt? Wenn er - aus Ungeduld oder wegen der Doktrin - nicht an diesen Austausch glaubt, in dem er das letzte Wort behält? Na gut, dann wechseln Sie den Berater! Glücklicherweise kann man, zumindest in unseren Ländern, seinen Arzt frei wählen. So hat gewissermaßen jeder den Arzt, den er verdient.

GLÜCKLICHE NIEDERLAGE

Das Geschlecht ist keine Falle, sondern Köder für ein triumphales Fest

Am Strand, an dem wir unsere Ferien verbringen, sind *strings* aufgetaucht, diese reduzierte Badekleidung, vorne ein Stoffdreieck, hinten einfach eine Schnur. Einige wollten sogar die Polizei einschalten! Die Nudisten irren, wenn sie meinen, den Ärger um die Nacktheit austreiben zu können.

In einigen muslimischen Städten fordern religiöse Fanatiker, die Bekleidung solle „weit sein, bedeckend und undurchsichtig", schließlich die Form des Körpers nicht einmal mehr erkennen lassen. Aber überall sträubt sich die Jugend, vor allem die weibliche, dagegen; kein Regime kann die natürliche Koketterie und das zur Schau-Stellen in der Sonne unterdrücken.

Beide Parteien irren; man entledigt sich nicht einfach seines Geschlechtes, ob nackt oder bekleidet; weder, indem man es bis zum Exzeß banalisiert, noch, indem man es unterdrückt. Mehr als das schlichte Verhältnis zwischen

Mann und Frau ist die Geschlechtlichkeit einer der unvermeidlichen Ausdrücke des menschlichen Lebens und wahrscheinlich allen Lebens.

Ich glaube nicht an die Naivität junger Mädchen: Der Minirock ist nicht nur bequem, sondern auch Teil dieses instinktiven und wissentlichen Spiels mit Verschleierung und Entschleierung. Schamhaftigkeit ist keine definitive Ablehnung, sondern ein vorläufiges Schaffen von Distanz, ängstliches Warten und Bitten, eine außergewöhnliche und subtilere Form von Koketterie.

Erinnern wir uns an die vehementen Forderungen im Mai 1968: Da sie nicht länger als „Sexualobjekte" behandelt werden wollten, verbrannten Feministinnen symbolisch ihre Dessous auf einem öffentlichen Platz. Was brachte diese Freiheit den Frauen? Nie zuvor war eine solch exhibitionistische Welle des weiblichen Körpers, der Schönheitsprodukte und eben dieser Dessous zu sehen.

Tatsächlich ist der Kampf gegen die Geschlechtlichkeit fast immer verloren. Wenn das Geschlecht ein Unruhestifter für die öffentliche Ordnung ist, dann deswegen, weil es Teil einer mächtigeren Ordnung ist, der natürlichen, an der Politiker und Priester stets gescheitert sind.

Selbst die katholische Kirche sieht, wie ihre Gläubigen sie an diesem Punkt verlassen.

ঌ

Anleitungen zur Militärkunst lehren, angesichts eines unmöglichen Sieges lieber eine Teilniederlage zu akzeptieren. Warum aber überhaupt von einer Niederlage sprechen? Ist denn Sexualität immer gefährlich und zu verurteilen? Sprechen wir doch lieber von einer glücklichen Niederlage.

Die Geschlechtlichkeit ist weder eine Falle noch eine Katastrophe, sie ist ein Köder und eine Auszeichnung, ein triumphales Fest für das Individuum wie für die Spezies. Die alten Griechen organisierten Zeremonien zu Ehren des Gottes der Geschlechtlichkeit; die Leute gingen fast nackt unter der Weite der Togas. Hinduistische Tandristen machten Sexualität zu einem religiösen Ritus. Es bedurfte des Durchbruchs des Christentums, damit die „Partien" der Statuen bedeckt oder abgeschlagen wurden.

Anstatt mit Schweigen oder Ablehnung auf Sex zu reagieren, sollten wir unsere jungen Menschen lieber darauf vorbereiten, ihre Rolle als Männer und Frauen im universellen Konzert gut zu spielen, das heißt mit Können, Verantwortung und unendlicher Freude.

Krankhafte Sparsamkeit

Im Einklang mit der Natur zu leben setzt voraus, unsere eigene zu kennen und zu respektieren

Als ich wieder über die Einsiedler der Wüste las, bewunderte ich einmal mehr ihre Entscheidung, alles zu verlassen, Familie, Güter, Ehren, Beruf, um sich in der syrischen oder ägyptischen Einsamkeit niederzulassen. Für die meisten von ihnen kam dieser Ruf spät und war mühsam. Anfangs waren sie überhaupt keine Heiligen, sondern umhergetriebene Wesen, und manche von ihnen blieben es.

Amüsiert habe ich von ihren anhaltenden Anstrengungen gelesen, die Wut zu unterdrücken; trotz ihrer Entschiedenheit scheinen sie hier aufgegeben zu haben. Genauso im Umgang mit den Frauen; ihre Phantasie ließ sie selten in Ruhe. Sie waren keineswegs ergeben, sondern mußten ihre Ausgeglichenheit verteidigen, verstärkt durch Gebet und Kasteiung.

Außer den religiösen Betrachtungen, das hatten sie verstanden, gab es auch den sparsamen Umgang mit Reichtümern. Es gibt eine krankhafte Art des Wirtschaftens, die, schlecht gelenkt, ebensolche Konsequenzen haben kann wie ein schlecht verwaltetes Budget.

Niemand muß auf den Berg Athos fliehen oder in irgendeine Einöde; ferner muß niemand Vergnügen verachten. Oft gefällt uns das pulsierende Leben in den Städten. Sartre amüsierte es, gegen seine Kollegen zu sticheln, die ihren nächsten Aufenthalt auf dem Land ankündigten; sie fuhren selten dorthin - oder kehrten zumindest sehr schnell zurück.
Niemand muß Versprechen geben, die er nicht einhalten kann. Führen Sie kein Doppelleben, wenn Lüge und Verheimlichung Ihnen schlaflose Nächte bereiten. Fahren Sie nicht Achterbahn, wenn Ihnen davon schwindelig wird, schauen Sie sich keine schauderhaften Filme an, wenn der Anblick von Blut Sie erschreckt.
Einige prahlen damit, eine Kerze an beiden Enden anzuzünden und scharfen Pfeffer in ihre Suppe zu streuen. Das ist ihr gutes Recht. Aber dann dürfen sie nicht über ihr Elend jammern und über den scharfen Geschmack. Ich bewundere die Einzelsegler oder die Akrobaten; perplex, wenn nicht gar irritiert bin ich allerdings über die Unbesonnenen, die Kletterpartien ma-

chen und dann den Rettungsdienst rufen, dessen Leute gezwungen sind zu helfen und dabei ihr eigenes Leben riskieren.

Wir sind nicht gleich, weder körperlich noch geistig. Die Siege der Biologie sind beeindrukkend, aber bislang kann aus einem kleinen Braunhaarigen kein großer Blonder werden; eine Mutter kann nicht leben, ohne an ihr Kind zu denken. Im Einklang mit der Natur zu leben setzt voraus, unsere eigene zu kennen und zu respektieren.
Die Strenge der Wüsteneinsiedler war auch eine Schutzmaßnahme; mit Gott im Einklang zu leben war ihre Art der Ordnung. Nachdem man sein eigenes Gefühls- und Nervenbudget aufgestellt hat, muß es angemessen verwaltet werden. „Das Nervensystem", erinnerte sich Doktor Schiwago, „ist kein überflüssiges Wort ... man kann ihm nicht ununterbrochen ungestraft Gewalt antun."

Pflegen Sie Ihre Neurosen nicht

Das Gefühl, Quelle von Köstlichkeiten,
kann den Geist auch irreleiten
und den Willen lähmen

„Ich bin Herrscher über mich wie über das Universum!“ Gymnasiasten, wir übernehmen - zumindest spaßeshalber - diese wunderbare Erklärung von Augustus, dem Helden von Corneille, und Kaiser. Ich bin nicht sicher, ob wir genau den Sinn verstehen. Herrscher worüber eigentlich?

Nicht von unseren intellektuellen Kapazitäten, derer wir nicht so sicher sind, sondern vielmehr unserer selbst, bezüglich einer Liebesangelegenheit beispielsweise, die uns sehr beschäftigte. Um vor uns selbst Achtung zu gewinnen, müßten wir, wie der römische Kaiser, unsere Spontaneität einschränken.

Dort, wo das Gefühl regiert, zählen weder Verstand noch Willen. Das Gefühl lähmt den Körper oder es regt ihn an; es liefert den Geist der Unordnung aus. Es ist ansteckend; in der Zeit der Eroberung des Westens durften die Cowboys, die die Herden über riesige Prärien zusammenhalten mußten, nicht husten. Wenn ein Tier aufgeschreckt wäre, hätte es aufs Geratewohl loslaufen und die ganze Herde mitreißen können.

ꝏ

Es gibt nützliche und köstliche Gefühle; diese, die eine Gefahr ankündigen, jene, die die Anwesenheit eines geliebten Wesens verschafft, eine Landschaft aus der Kindheit oder - feiner - die der Kunst.
Aber wenn das Gefühl ein Signal ist, muß es gedeutet und kontrolliert werden. Es gibt eine Gefühlsromantik, die fruchtbar und befreiend ist. Aber muß man sich, um zu lieben, blind stellen vor den Schwächen des geliebten Menschen? Eins sein in moderner Einfalt oder kollektiver Hysterie?
Vor dem Parthénon hat Le Corbusier ausgerufen: „Das ist eine Gefühlsmaschine!" Wenn die Kunst auf Emotionen beruht, ist sie auch Wahl und Anordnung - tatsächlich eine Maschine. Die romantische Fülle besteht, auch wenn sie befreiend ist, vom Ursprung her aus schweren Mißverständnissen. Die Musik als Urbild der Künste wurde mit Mathematik verglichen.

ꝏ

Es geht offenbar nicht darum, unsere Gefühle zu unterschätzen, sondern sie zu disziplinieren. Jeder hat seine Geschichte und seine speziellen Schwächen, aber einige haben das Glück, in der schwierigen Eroberung ihrer selbst begabter zu sein. Fügen Sie keinesfalls etwas hinzu! Pflegen Sie Ihre Neurosen nicht!
Eine jüdische Dame, die nach einigen Abenteuern friedlich in der Schweiz lebte, hielt daran fest, mit ihrer kleinen Tochter die Gedenkstätte Auschwitz zu besichtigen. „Ich wollte ihr", sagte sie, „eine Lektion jüdischer Angst lehren." Das ist kein gutes Geschenk! Ersparen Sie Ihren Kindern die Übertragung Ihrer Prüfungen. Pflegen Sie um sich herum keine Atmosphäre unruhiger Betriebsamkeit.
Was tun, wenn andere Sie provozieren? Sie müssen nicht auf sie eingehen. Die Gefühle von anderen anzunehmen heißt, den Kampf auf dem Feld des Gegners zu akzeptieren. Warum lassen Sie sich von irgend jemandem in Rage versetzen?, fragte Marc Aurel. Setzen Sie der Erschütterung Ihres Gesprächspartners vernünftige Argumente entgegen. Und wenn er hartnäckig ist? Seien Sie gewiß, er befindet sich schon in den unruhigen Wassern der Leidenschaft. Verlassen Sie ihn oder bereiten Sie sich auf einen Kampf vor, in dem alle Mittel erlaubt sein werden.

Der Schreiber und der Zirkus

Es ist besser, Krieg zu spielen, als wirklich Krieg zu führen

Bei jedem Halt warf der Taxifahrer einen flüchtigen Blick auf seine Zeitung, die geöffnet auf dem Beifahrersitz lag. Er sah mein Erstaunen im Rückspiegel: „Das ist die Zeitung *„L'Equipe"*, wissen Sie, die Sportzeitung..." „Sie mögen Sport?" „Aber ja! Ich lese nur diese Zeitung." „Treiben Sie selbst Sport?" „Nein." „Gehen Sie zu Spielen?" „Nein... manchmal... dafür habe ich keine Zeit."

Ich fragte mich, wie man sich für eine Aktivität begeistern könne, die man selbst überhaupt nicht praktizierte. Als ob er meine Gedanken gelesen hätte, sagte er mir dann: „Das ist wie mit der Musik, man kann vielleicht kein Instrument spielen, geht niemals ins Konzert und kann sie dennoch lieben." Der Vergleich mit der Musik amüsierte mich und brachte mich ins Grübeln; so sah er die Dinge also...

Niemand ist gezwungen, Sport zu mögen, aber es ist nicht zu leugnen, daß er - wie die Religion - ein Phänomen ist, das die Massen bewegt. Der Sport versteht seine Helden, ruft Leidenschaften hervor und schafft wirtschaftliche Nebeneffekte. Politiker, die Menschenmengen oft besser durchschauen als Philosophen, benutzten den Sport stets; das moderne Sponsorentum löst den Zirkus früherer Zeiten ab.
Es ist erstaunlich, warum eine Aktivität, die offensichtlich nutzlos ist, einen solchen Stellenwert in einer Gesellschaft einnimmt. Aber genau diese Nutzlosigkeit ist der Schlüssel: Sport ist ein Spiel; ein Kriegsspiel, in dem versucht wird, den Sieg über einen Pseudofeind zu erringen.
Beim Spiel beweisen sich die Kleinen der meisten Spezies gegen ihre Artgenossen und gegen die Welt. Aristoteles sah im Theater ein Mittel, die Leidenschaften auszuleben. Ebenso wie der Tanz ist der Sport ein Täuschungsmanöver. Um zu überleben, mußten wir gewinnen: Sport erlaubt uns, das andauernde Drama unserer bedrohten Existenzen nachzuahmen. Kurz: Sport hat eine Ersatzfunktion: üben zu siegen, ohne zu töten, unterliegen, ohne umgebracht zu werden. Er verschafft uns Vergnügen: Er mildert unsere Aggressivität, wir können uns mit dem Helden unserer Wahl identifi-

zieren in angenehmer Gemeinschaft, in der es keine Ausgeschlossenen gibt.
Das überzeugt Sie nicht? Sie lieben keinen Krieg, nicht einmal in symbolischer Form; Sie bevorzugen für Kinder nur pazifistisches Spielzeug? Was soll ich Ihnen antworten? Die menschliche Spezies hat eine lange Geschichte; die Menschen sind, wie sie sind; es ist also besser, sich diesem spielerischen Krieg auszuliefern als dem wirklichen.
Anstatt sich in Ihre Würde zu hüllen, fragen Sie sich, warum Sie sich eines so gutmütigen Vergnügens berauben. Wenn Sie diese sterile Schamhaftigkeit überwunden haben, werden Sie gerne bei einer Meisterleistung brüllen. Also los! Erheben Sie sich wie alle anderen von Ihrem Sitz, um dem zu danken, der Ihnen diesen glücklichen Augenblick verschafft hat. Schmollen Sie Ihrem Vergnügen nicht, und verderben Sie es vor allem den anderen nicht.

Liebe und Kampf

Es ist ungewiß, ob Macht und Liebe vereinbar sind

Ein jüdisches Gebet läßt die Frommen jeden Morgen sagen: „Danke, mein Gott, daß Du mich als Mann geschaffen hast und nicht als Frau!" Darin liegt nicht unbedingt nur Hochmut, sondern auch Mitleid. Ich empfinde für Frauen, vor allem in der heutigen Zeit, dieses Mitgefühl. Sie machen fast alle harte Zeiten durch.

Die heutigen Frauen fordern Gleichheit, diese Gleichheit bedeutet aber, Macht zu teilen. Und Macht ist permanenter Kampf. Diesen Kampf aber müssen sie gegen Männer führen, denn das sind diejenigen, die bis heute die ganze Macht besitzen. Das Bestreben der Frauen ist verständlich und unvermeidbar.

Was aber, wenn sie die Liebe der Männer behalten wollen? Das scheint unvereinbar. Die Frauen würden gerne die alten Vorteile behalten und neue an sich reißen. Schlimmer: Eine Frau, die frei sein will, verhält sich gegenüber Männern so, wie diese sich oft genug gegenüber Frauen verhalten haben: in einer erbärmlichen Art eben. Es ist schwierig, sich gleichzeitig zu lieben und zu bekämpfen.

Auch die Männer betreiben einen permanenten Kampf, aber unter ihnen ist Verführung kein Thema. Genauso sei es unter Frauen, sagte man mir. Einmal an der Macht, kennt eine Frau keinerlei Mitleid mit ihren Geschlechtsgenossinnen, beansprucht aber andererseits auch keinerlei Sonderrechte.

Eine Frau kann es sich einrichten, auf Kosten von Männern zu leben. Eine lebt gratis in der Wohnung eines Freundes, eine andere läßt sich so oft wie möglich mit Essen oder Vergnügungen verwöhnen. Von dieser Warte aus können sie nur auf ihre Art Einfluß nehmen; viele Männer halten eine Frau aus, die sich verleugnet ... oder auch nicht.

Wenn Frauen es tatsächlich ernst meinten mit ihrer Revolte, dann könnten sie die Gesellschaft an einem einzigen Nachmittag lahmlegen, aber sie haben ein Interesse daran, daß alles bleibt wie bisher. Zu denen, die sie sexuell belästigen, sagen sie: „Behaltet Eure Hände in Euren Taschen!“; es fehlte nur noch, daß sie dazu murmelten: „Außer zum Bezahlen.“ Wenn die Männer zahlen, profitieren sie davon, indem sie die Frauen ihrerseits auch benutzen. Der Tag, an dem die Frauen sich entscheiden werden, für sich selbst aufzukommen, wird der Beginn ihrer Befreiung sein. Die Männer können beruhigt sein, da Frauen kaum dazu bereit sind.

Denn diese Erwartung ist nur das Symbol einer allgemeinen Haltung. Eine Freundin berichtet von der „Dummheit“ eines Autofahrers, der ihr einen Reifen gewechselt hat, eine andere gesteht, sie mache sich um das Gewicht ihres Koffers keine Sorgen, denn sie fände immer „einen Idioten“, der ihn trüge.

Diese modernen Frauen setzen auf zwei Karten: auf das Stück Macht, das sie haben erobern können, und auf die alte List, die auf erotischer Ausstrahlung basiert.

Was ist also zu tun? Ein Mann aus gutem Hause kann nur das Ende dieser langen Sklaverei wünschen. Aber wir müssen zusammen ein neues Gleichgewicht finden. Da wir durch gegenseitige Bedürfnisse, Sexualität oder Kinder aneinander gebunden sind, sollten wir versuchen, diesen Kampf, der zwischen uns entsteht, beizulegen. Die Frauen sollten dann allerdings auch akzeptieren, den Preis für ihre neue Freiheit zu zahlen. Und wenn sie darin einwilligen, uns weiterhin zu verführen - schauen wir nur ihre verblüffenden Anstrengungen bei der Kleidung an -, dann erinnern wir uns unserer alten Privilegien und sind geduldig, wenn wir einen Hieb verpaßt bekommen.

Regelmässig unpünktlich

Regelmäßige Unpünktlichkeit richtet sich nicht gegen Sie, sondern gegen die ganze Welt

Wir wollten eine Familienangelegenheit regeln und mußten den Zug um 7.30 Uhr nehmen, um pünktlich um 10.00 Uhr beim Notar zu sein. Um sieben Uhr waren wir alle noch verschlafen am Bahnhof, bis auf ... unsere Jüngste natürlich. Ich kam gerade aus dem Badezimmer, als das Telefon läutete: „Ich bin ein bißchen spät dran, ich springe in ein Taxi!"
Eigentlich wollte ich unserer jüngsten Schwester sagen, daß wir alle gerne ein bißchen länger geschlafen hätten. Was hätte sie mir antworten sollen, das ich nicht schon zig Mal gehört hatte: Ich hätte nicht gedacht, daß... Sie hätte nicht geglaubt, daß ... Die Erklärungen eines regelmäßig unpünktlichen Menschen sind lächerlich, und das weiß er.
Die Zeit sei so schnell vergangen, er wußte nicht genau, wie lange die Fahrt dauert, er hatte noch etwas zu erledigen, etc. ... Nachdem er das erste Mal zu spät gekommen war, hätte

er lernen können, die Zeit besser zu berechnen, auf die Uhr zu schauen und Dinge nicht erst in der letzten Minute zu erledigen. Wir dürfen wohl von einer gewissen Selbstgefälligkeit ausgehen.

Systematisches Zuspätkommen ist zuallererst eine Charakterschwäche. Da er seine Zeit vollstopft, hat der Zuspätkommende immer zu wenig davon. Er glaubt, mehr aus ihr machen zu können - und erreicht oft weniger. Er verpaßt seine Züge und Treffen, irritiert seine Freunde und vernachlässigt Partner oder Partnerinnen.
Aber es handelt sich um eine akzeptierte Schwäche, denn es mangelt nicht an Vorzügen. Die Koketten fühlen sich entehrt, wenn sie nicht zu spät kommen und bekommen so den Beweis ihrer Verführungskunst. Ärzte, die die Ängste ihrer Patienten gären lassen, meinen, so ihre rettende Macht vergrößern zu können. Politiker, die absichtlich verspätet eintreffen, wollen ihrem Erscheinen einen feierlicheren Rahmen verleihen.
Systematisches Zuspätkommen ist eine Versuchung der Macht und der Übertretung, oft auch eine Rache: „Ich mache, was ich will!“, „Ich zwinge anderen meinen Willen auf!“ Schon im 17. Jahrhundert machten sich die kleinen Mar-

quis ein Vergnügen daraus, die Theatervorstellungen zu stören. Die Staffel ist von einigen Kinogängern übernommen worden. Wer systematisch zu spät kommt, hat nichts gegen Sie speziell, sondern gegen die ganze Welt.

Letztlich zwingt er Ihnen seinen Rhythmus auf und bringt Ihre Zeit durcheinander. Er verschiebt Ihre Termine und verlängert Ihren Tagesverlauf durch unnütze Warterei. Um sich selbst frei zu fühlen, hält er Sie gefangen. Wegen eines gleichgültigen Gastes essen Sie kaltes Essen oder aber die Hausherrin sieht ihren Braten mit Verzweiflung anbrennen.

Wie also mit dem Zuspätkommenden umgehen? Das systematische Zuspätkommen ist eine beschlossene Sache: Sie sind nicht gezwungen, das Spiel mitzuspielen. Wenn Sie die Person treffen müssen, vereinbaren Sie eine vernünftige Wartezeit, nach der Sie wieder gehen. Sie brauchen keine Begleitung, die Ihnen mehr Mißvergnügen als Vergnügen bereitet.

Aber wenn Sie von ihrer Gnade abhängig sind? Wenn Sie unbedingt ihre Hilfe benötigen? Dann bleibt Ihnen nichts anderes übrig, als ihren Fehler wie eine klimatische Störung oder einen Verkehrsstau hinzunehmen. Nur selten versucht ein Lieferant, nicht den besten Preis für seine Lieferung herauszuschlagen; sagen Sie sich, Ihre Geduld sei Teil seines Preises.

Vergangene Zeiten

*Anstatt über das zu klagen,
was Sie nicht mehr tun können,
erfreuen Sie sich lieber an dem,
was Ihnen noch bleibt*

Eines Tages gelingt einem jungen Mann ein Meisterwerk, das ihm Geld und Ruhm einbringt, oder ein Musiker komponiert ein Lied, das in aller Munde ist. Niemals wieder werden sie solches Glück haben: Dann werden sie schwermütig und verbittert für den Rest ihres Lebens.
Sich beklagen, nichts mehr zu sein, heißt, ein ewiger Sommer solle die vier Jahreszeiten ersetzen, die Bäume sollen immer grün sein und die Wesen immer jung. Das heißt, im Namen einer illusorischen Ewigkeit die Zeit zu leugnen, die vergeht.
Anstatt über das zu klagen, was Sie nicht mehr sind, seien Sie das, was Sie noch sind. Als Beethoven seine einsetzende Taubheit spürte, entschied er sich zu sterben. Glücklicherweise unternahm er nichts dafür. In seiner Verzweif-

lung komponierte er die Symphonie *Pathétique*, eine seiner schönsten.

„Aber ich bin doch nicht Beethoven! Ich habe nichts gemacht, ich kann nichts Wichtiges vollbringen!"
„Warum denn das? Waren Sie nicht ein guter Buchhalter, ein guter Schreiner?"
„Ja, natürlich, aber ..."
„Sie haben eine Begleiterin gehabt, Kinder, Freunde, Sie haben geliebt, gelitten, geträumt, was wollen Sie mehr?"
Sind Sie denn so sicher, daß das, was Sie gewesen sind, heute nicht weiterwirkt? Einer meiner ehemaligen Schüler schrieb mir einen Satz, den ich vor vierzig Jahren gesagt hatte: Er war ihm stets Devise!

Nicht mehr sein, was Sie einmal waren? Dann ist es an der Zeit, sich an dem zu erfreuen und sich mit dem einzurichten, was bleibt. Anstatt in Erinnerungen zu schwelgen, nehmen Sie an der Gegenwart teil! Wenn Sie keinen anstrengenden Sport mehr treiben können, spielen Sie doch Boules oder reisen Sie, interessieren sich für Archäologie oder Numismatik.

Oft wurde gefragt, warum sich Greta Garbo auf dem Höhepunkt ihres Ruhmes von der Leinwand zurückzog. Warum sollen wir das nicht dem einfachen und mutigen gesunden Menschenverstand zuschreiben? Sie verkörperte den Mythos der ewigen Verführungskunst - und wußte, daß sie das im Alter nicht mehr könnte. Sie hatten das Glück, Ihren natürlichen Zyklus durchleben zu können, ihre Aufgabe zu erfüllen: Aus Samen wurde eine Pflanze, die ihrerseits Blüten und wiederum Samen hervorbrachte. Erfreuen Sie sich an dem, was Sie waren, an Ihren Erfolgen. Über Ihre Mißerfolge können Sie jetzt lächeln. Sagen Sie sich, daß Sie Ihren Anteil hatten, und danken Sie dem Himmel wie nach einer guten Mahlzeit.

Unbekannte Feinde

Hoffen wir nicht darauf,
von allen geliebt zu werden

Unter der im allgemeinen herzlichen Post finde ich ein- oder zweimal im Jahr einen beleidigenden Brief. Ich beantworte ihn und versuche dabei, mich besser auszudrücken. Dadurch wird es nur noch schlimmer: Ich sei ein Idiot und pervers, indem ich auch noch zu überzeugen versuchte.

Ich erzählte einem befreundeten Journalisten von diesen seltsamen Abenteuern: „Ah, Ihnen passiert das auch“, sagte er, „ich dachte, Schriftsteller stünden weniger im Rampenlicht. Das Erstaunlichste dabei ist, das haben Sie sicherlich auch festgestellt, daß diese Aggressionen sich gerade an unbedeutenden Texten entladen. Und vielleicht“, so fügte er hinzu, „haben Sie auch schon gelernt, daß der ein oder andere feindliche Absichten hinter Ihrem Thema vermutet? Ich ordne diese Nebensächlichkeiten in einem Ordner mit dem Titel *Die unbekannten Feinde* ein, denn in der Regel handelt es sich um Menschen, die ich so gut wie gar nicht kenne und denen ich niemals etwas getan habe."

„Irren Sie sich nicht", antworte ich ihm, „Sie haben Ihnen etwas getan. Ungewollt haben Sie sie verletzt. Vielleicht sind Sie nicht ganz unschuldig. Warum schreiben wir denn, wenn wir die Menschen nicht bewegen wollen? Seien wir also nicht erstaunt über seltsame Reaktionen, die uns provozieren."
Beim Erscheinen jedes meiner Bücher schrieb eine Leserin mir Passagen aus der Bibel ab, die ihrer Ansicht nach meinen Äußerungen widersprachen. Die Absicht ist klar: Sie möchte mir helfen, die Wahrheit zu sehen. Aber wen will sie überzeugen? Sich oder mich?
Diese Leute, die Sie, wie Sie meinen, zu Unrecht angreifen, haben ihre Gründe. Für den einen personifizieren Sie enttäuschte Hoffnungen, für einen anderen eine Bedrohung, die in ihm Angst auslöst, einen dritten zwingen Sie, über eine unangenehme Wahrheit nachzudenken.

Fragen Sie sich lieber, warum Sie diesen Gerüchten so viel Gewicht beimessen. Ist es letztendlich nicht so, daß Sie von allen geliebt werden wollen, auch von denjenigen, die Sie nicht schätzen? Wäre das nicht ziemlich eingebildet oder ein Zeichen Ihrer eigenen Angst?
Sicherlich kennen Sie diese kleine Geschichte: Ein New Yorker Psychiater nimmt an einem Kongreß in Paris teil und benutzt den Aufzug, um in den Konferenzsaal zu gelangen. Als ein kleiner Kerl ihn amerikanisch sprechen hört, beginnt er, die Vereinigten Staaten zu beleidigen, worauf der Riese nicht reagiert. Am nächsten Tag die gleiche Szene. Am dritten Tag explodieren seine Kollegen: Er könne diesen Gnom mit Leichtigkeit zerdrücken. „Dieser Herr verachtet die Amerikaner", antwortet da der Riese, „er irrt sich, aber das ist seine Sache."
Weisheit ist nur möglich mit einer gewissen Gleichgültigkeit gegenüber Meinungen, die oft nichtssagend oder äußerst widersprüchlich sind. Sollte man nicht erwarten, die Beleidigung flöge mit dem Wind davon und fiele eher auf den Beleidigenden als auf den Beleidigten zurück?

Das weisse Buch

Glück ist ein weißes Buch, das jeder auf seine Art und Weise füllen kann

In *Micromégas* schenkt ein Riese, der von einem anderen Planeten kommt und sieht, wie unglücklich die Menschen sind, ihnen ein Buch. Dieses Buch soll das Mittel gegen ihre Qualen enthalten. Als sie nun das Buch nach der Abreise des Riesen öffnen, finden sie nur weiße Seiten darin.

Die Lektion von *Micromégas* scheint die ironische Weisheit von *Candida* zu bestätigen: Es ist besser, unseren Garten zu pflegen als uns mit Philosophie herumzuschlagen.

Aber da Voltaire sich nicht klarer ausgedrückt hat, schlage ich diese Interpretation vor: durch diese weißen Seiten zeigte der Held der Erzählung seinen Gastgebern, daß Glück einzig und allein von uns abhängt, nicht von irgendwelchen starren Regeln anderer.

Als ich in der Unordnung eines befreundeten Verlegers herumwühle, entdecke ich ein Buch ... das nichts enthält. Jedoch faszinieren mich all die möglichen Angebote dieser Skizze mehr als irgendein präziser Text.
Stevenson rät, den Schülern ein Märchenbuch anzuvertrauen unter der Bedingung, daß sie darin ihr Wirken einer fiktiven Börse anvertrauen. Am Ende ihrer Schulzeit werden sie so über eine Einschätzung ihres Verhaltens verfügen.
Meinen Freunden biete ich gerne ein Register an, das reserviert ist für ihren Verlauf des Glücks. Man rät gerne dazu, ein Gesundheitsbuch zu führen; warum nicht auch ein Heft, in dem Fortschritte und Rückschritte in der Erfüllung dieser unersetzlichen Aufgabe verzeichnet werden?

Ferienorganisatoren klagen darüber, ihre Kunden nur selten zufriedenstellen zu können. Ihnen wird ein üppiges Mahl angeboten, und sie wollen nicht essen; eine Pause, und sie hätten lieber Unterhaltung gehabt. Das ganze Unglück des Menschen, sagte Pascal, kommt daher, daß er nicht in seinem Zimmer bleiben kann; sicherlich, aber er würde sich damit der Vergnügen berauben, die aus den befriedigten Wünschen entstehen.

Wir müssen sie nur erkennen und wagen, auf sie zu antworten. Der Vater einer jungen Frau, ein passionierter Sammler, schenkte seiner Tochter einen wunderbaren Marquet. Die Jungvermählte machte das Geschenk zu Geld, um sich eine Wohnung zu kaufen. Empörung des Kunstliebhabers: Sie hatte es gewagt, ein Meisterwerk gegen Steine einzutauschen!

Montesquieu gestand, sein Glück eher in einer maßvollen Aktivität als in der Kontemplation zu finden. Meinen Sie doch nicht, sich „bräunen" zu müssen, wenn Sie die Sonne nicht vertragen; und wenn Sie den Strand bevorzugen, dann verzehren Sie sich doch nicht vor Langeweile in irgendeinem Marktflecken auf dem Land. Glück ist ein leeres Buch, das jeder auf seine Weise füllen kann.

Der Garten nach französischer Art

Leben gibt nur dem Leben nach

Thukydides notierte, die Griechen würden ihre Expansion nur angesichts eines mächtigeren Gegners einstellen. Der Appetit der Carthager gab nur dem der Römer nach; der Eroberungsmarsch des Islam hielt erst vor der Entschlossenheit des Christentums inne; die Kolonialnationen teilen sich weiterhin die Welt.
In der Welt der Tiere ist es genauso. Insekten und Ratten würden über die ganze Erde herfallen, wenn sie nicht von ihren entsprechenden Feinden verschlungen würden. Die Amazonasstraße wäre fast nicht gebaut worden, weil die wuchernde Vegetation die Bullozer einholte. Wir teilen mit den Tieren die gleiche Notwendigkeit zum Überleben, vielleicht sogar die gleichen Gefühle. Aber wenn wir Tiere sind, dann diejenigen, die die Moral erfunden haben.

Seit dem Menschen bewußt wurde, daß er mal als Räuber, mal als potentielles Opfer lebt, versucht er, diese Bedrohung zu vertuschen, die er erleidet und seinesgleichen erleiden läßt. Die Moral ist der Versuch, die menschlichen Beziehungen mittels gemeinsamer Regeln in den Griff zu bekommen.

Ach, wenn diese Regeln doch nur auf Bronzetafeln eingraviert werden könnten! Dann wären wir geschützt gegen die Irrtümer unserer Natur. Das Gute stünde außerhalb der Beeinträchtigungen der materiellen Welt. Platon gab ihm eine unabänderliche Perfektion; indem sie ihm göttlichen Willen garantierten, sichern die Religionen dem Guten ewige Unantastbarkeit.

Ach, leider schimmert das menschliche Tier immer unter dem moralischen Wesen durch! Unser Alltag besteht aus Vergehen gegen Regeln und tugendhaften Erinnerungen an die Ordnung. Wenn eine Hungersnot droht, fressen sich Eulen gegenseitig auf. Wir handeln kaum anders; in Zeiten der Belagerung kam es so weit, daß Kinder gegessen wurden.

Der einfache Mensch wird sicherlich bewegt von seinen Begierden und Ängsten, sein alltägliches Benehmen macht das Wesentliche der Sitten aus. Ohne Moral wären die Sitten ein

verlassener Garten, in dem der Kräftigste die anderen erstickt. Das Leben gibt nur dem Leben nach oder dem Gesetz. Moral ist das dauernde Aushandeln miteinander konkurrierender Begierden.
Nostalgie eines verlorenen Paradieses oder Zukunftswunsch - das, was wir Ethik nennen -, wäre ein wunderbarer Garten, in dem sich unbeirrt und beständig die Ordnung des Gärtners durchsetzte.
Vielleicht kommt irgendwann der Tag, an dem die Utopie sich verwirklicht: ein einheitliches Gesetz, das auf der ganzen Erde anerkannt wird und die Menschen überall in Sicherheit miteinander leben läßt. Während wir darauf warten, sind wir gezwungen, uns mit einem Garten französischer Art zufriedenzugeben, in dem ohne Unterlaß beschnitten werden muß, um das Bestmögliche zu erhalten.

Beunruhigende Reinheit

Vorgebliche Reinheit ist Nostalgie oder Wunsch, Werkzeug oder Waffe

Im Glauben, dem Restaurantbesitzer, bei dem wir aßen, einen Gefallen zu tun, sagte ein Freund zu ihm: „Bei Ihnen weiß ich wenigstens, was ich esse, ich bin von der Reinheit der Produkte überzeugt.“ ... Daraufhin antwortete unser Gastgeber ehrlich: „Oh, es ist besser, nicht genau zu wissen, was man ißt, sonst würde man vielleicht nichts mehr essen.“

Woran dachte mein Freund eigentlich? An die Frische der Lebensmittel? In diesem Fall müßte er sich Wild verbieten. An die Naturbelassenheit? Die gibt es nur in Laboratorien. An Geschmack oder Ekel? Das sind Begriffe, die in der Zivilisation am geläufigsten sind.

Überlegen Sie in dem Moment, in dem Sie sie essen, was Gedärme sind? New Yorker Restaurants bieten gebratene Würmer und Ameisen an, aber die meisten Amerikaner empfinden Ekel vor den kulinarischen Sitten der Franzosen, der Schneckenesser. Zumindest ist

Reinheit keine selbstverständliche gastronomische Tugend.

Es ist ungewiß, ob sie anderswo mehr Sinn macht. Reinheit der Rassen ist ein Mythos - und die Nationen sind die Frucht allmählicher Einwanderungen. Sprachen sind Produkt der Geschichte, ebenso wie Doktrinen und Kunstschulen. Heute weiß man, was der Judaismus Ägypten und Mesopotamien verdankt, das Christentum dem Judentum und Asien, der Islam all diesen Vorgängern. Biologisch und kulturell sind wir alle Mischlinge.

Warum benutzen wir so gerne einen so verwirrenden Begriff? Wohl, weil er so bequem ist, selbst in seiner falschen Klarheit. Die edlen Spanier haben die Reinheit ihres Blutes proklamiert, um aus ihrer Kaste die konvertierten Juden auszuschließen. Um die Frauen stärker an sich zu binden, verlangen Männer von ihnen Keuschheit, die sie sich selbst kaum auferlegen. In Indien ist die Unberührbarkeit eine Erfindung der arischen Eroberer; damit hielten sie die Einwohner des Landes von sich fern.

Reinheit ist Nostalgie und Wunsch, Werkzeug und Waffe. Sie wirft uns in die Zeit der Kindheit zurück, wo nichts unsere Verschmelzung mit unseren Erzeugern stören konnte. Sie schützt unsere Zugehörigkeiten vor Beeinträchtigungen. Das *Koscher* der Juden ist eine Vorsichtsmaßnahme. Politiker benutzen eine vorgeschobene Homogenität zugunsten des Zusammenhalts ihrer Anhänger.

Die Reinheit wäre der Preis, sich vor anderen und vor sich selbst zu schützen. Aber bitte nicht trügerisch und überzogen! Sonst verwandelt sich der Reine nur zu leicht in einen Reinigenden, Peiniger seiner selbst, wird er zum Tyrann für die anderen; je mißtrauischer, desto unsicherer ist er.
Ich würde an die Ernsthaftigkeit der Reinen glauben, wenn sie eine Frau nach ihrem Gesundheitspaß fragten, bevor sie sie umarmen. Lehnen sie es ab, den gemeinsamen Abendmahlskelch zu ihren Lippen zu führen, der unter den Gläubigen herumgereicht wird? Die Hostie zu schlucken, die der Priester mit seinen Fingern in aller Münder legt?
Warum sich selbst bekämpfen? Die anderen verfolgen, weil man sich selbst verfolgt? Ist ein liebenswürdiger Umgang miteinander nicht für alle lebenswerter? Nachsicht gegenüber anderen beginnt bei der Nachsicht mit sich selbst. Ich gestehe, ich bevorzuge das Geständnis eines Humoristen, der gleichgültig zugibt: „Ja, ich trinke, rauche und umarme kranke Frauen."

Zigarette oder Schnuller

Üben wir Rauchern gegenüber Nachsicht und Händlern gegenüber mehr Strenge

Würden wir Raucher nicht gerne dazu bewegen, dem Tabak abzuschwören? Tabak schadet der Gesundheit und kostet die Gemeinschaft viel. Er schadet dem Zusammenleben: Ob die anderen wollen oder nicht, es wird ihnen eine verqualmte Atmosphäre zugemutet. Kurz und bündig: Rauchen ist schädlich, teuer und unsozial.

Dennoch scheint dieses Argument nicht zu zählen. Der Raucher hat auf alles eine Antwort. Tabak sei schädlich? Es sei seine Gesundheit und nicht die Ihre. Teuer? Andere Sachen kosten schließlich auch Geld! Was ist mit dem Auto? Der Raucher störe Sie, wenn er raucht? Sie stören ihn, wenn Sie ihn am Rauchen hindern! Geben Sie sich geschlagen: Sie irritieren ihn - und um sich zu beruhigen, braucht er eine weitere Zigarette ...

Tatsächlich wird kein vernünftiges Argument gegen das Rauchen ernstgenommen, genauso wenig wie gegen den Konsum von Alkohol. Sowohl Tabak als auch Alkohol sind eine Droge: Raucher sind abhängig von ihrem Laster, und weitgehend stimmen sie dem zu. Erst ist es ein Zustand des Mangels, dann ist der Mangel Angst und bald Panik. Ein Raucher läuft mitten in der Nacht kilometerweit, um sich Zigaretten zu besorgen.

Jeder einzelne müßte sich fragen, wovon er abhängig ist. Welche Bedürfnisse sollen ersetzt werden? Welches Leiden bekämpft die Abhängigkeit und welche Befriedigung verschafft sie? Aber diese Mechanismen sind uns allen gemein. Tabak stimmt euphorisch, ihn zu konsumieren ist eine unliebsame Gewohnheit, ein sozialer Initiationsritus, überhaupt ein Gemeinschaftsritus. Kurz: Ein Ersatz von unendlichem Reichtum. Rauch wird anstelle von Nahrung „geschluckt", der Pfeifenkopf erinnert an die Wärme zuhause oder die einer Amme ...
Sollten wir also nicht dieses Geschenk des Himmels segnen? Nein, denn es bleibt dabei: Tabak ist schädlich, teuer und unsozial; Raucher leiden darunter - und wir mit ihnen. Tabak ist zwar bequem, aber teuer. Das Problem ist: Wie können all diese Bedürfnisse befriedigt

werden, ohne daß die wirklich Abhängigen einen überhöhten Preis dafür zahlen?

Der Tabak selbst legt uns eine Lösung nahe. Da er ein Ersatz ist, gilt es, einen Ersatz für diesen Ersatz zu finden. Erst kam der Schnuller, dann haben die Zigarette oder die Flasche die mütterliche Brust abgelöst. Kaugummi oder Rosenkranz, weltlich oder sakral, nehmen einen Teil unserer Nervosität. Da der Tabak aber mehrere Funktionen erfüllt, müßten wir einen ebenso reichhaltigen Ersatz finden, um unsere so unterschiedlichen Qualen zu lindern.

Die Wissenschaft wird ihn uns eines Tages wahrscheinlich liefern. Abhängigkeit ist weder ein Fehler noch eine Krankheit. Sie wird es nur dann, wenn sie exzessiv ist. Bringen wir unseren Kindern bei, der Falle von Tabak oder Alkohol zu mißtrauen. Für unsere Probleme gibt es andere Mittel. Schützen wir die Jugend, indem wir mit den Händlern strenger sind, die sie dem Anreiz ausliefern.

Während wir warten, üben wir Nachsicht mit den Rauchern. Wenn sie sich weniger angeklagt fühlen, sind sie vielleicht zugänglicher für irgendeine Änderung. Sind wir übrigens sicher, daß unsere Strenge nicht aus der Hoffnung auf eine Welt von absoluter Makellosigkeit herrührt?

Sind Sie tolerant?

Tolerant sein heißt, die Leute so leben
zu lassen, wie sie es möchten;
es heißt aber nicht,
ihnen immer recht zu geben

Sie sind tolerant und stolz darauf, es zu sein! Sie sind der Ansicht, Toleranz sei ein Beweis geistiger Größe, moralische Qualität, eine Voraussetzung für sozialen und internationalen Frieden. Dafür muß man Sie einfach loben und schätzen. Wissen Sie aber wirklich, worauf Sie sich einlassen, wenn Sie sich für Toleranz entscheiden?

Jemand behauptet Ihnen gegenüber, zwei und zwei seien fünf; geben Sie ihm recht, nur um tolerant zu sein? Er beteuert, die Sonne drehe sich um die Erde; würden Sie es widerstrebend billigen? Jemand betet etwas an, was Ihnen verachtenswert erscheint, er beschuldigt die Juden, sogar ihre Eltern zu verkaufen, die Araber, allesamt religiöse Fanatiker zu sein, die Schwarzen ...; würden Sie aus reiner Höflichkeit sagen, etwas Wahres sei an diesen An-

schuldigungen? Jemand vertraut Ihnen an, fremde Wesen bevölkerten die Erde, die Wälder und Meere, würden Sie aus Nachsicht den Eindruck erwecken, mit ihm die Auswüchse seiner Phantasie zu teilen?
Denken Sie nicht, der erste habe unrecht und der zweite einen schlechten Geschmack, der dritte Vorurteile und der vierte benötige, wenn er denn nicht gerade ein Dichter ist, den es amüsiert, Geschichten zu erfinden, die Hilfe eines Psychiaters? Na also, und Sie halten sich immer noch für tolerant?

Wir wollen gerne tolerant sein, aber nicht bis zu dem Ausmaß, am Ende selbst als Dumme oder Komplizen dazustehen. Schließlich gibt es wissenschaftliche Wahrheiten, moralische Imperative und ästhetische Offensichtlichkeiten! Es ist überzogen, Sie darum zu bitten, den Irrtum zu billigen, das Aufwiegeln zum Mord zu tolerieren oder Schlagerfans zu Beethoven zu bewegen.
Geben Sie zu, es ist nicht allzu bequem, tolerant zu sein. Es ist nicht gerade unsere Stärke und wir zögern auf dem Weg. Wie denn tolerant sein, wenn jemand meint, die Wahrheit zu besitzen? Sollen wir vortäuschen zu glauben, was wir nicht glauben? Wie sollen wir respek-

tieren, was uns absurd, lächerlich oder gar schädlich erscheint?
Die Unbequemlichkeit des Zweifels müßte dem Komfort des Dogmatismus vorgezogen werden. Gehen wir davon aus, daß kein Denker, wie groß er auch sei, stets und ständig recht hat; daß Wissenschaft und Philosophie ständig im Umbruch sind. Widerstehen wir den Versuchungen der gesellschaftlichen Gruppen, die vor allem am eigenen Überleben interessiert sind, selbst auf Kosten anderer.

Toleranz ist weder eine gegebene Tatsache, noch ein Absolutum; sie ist weder logische Konsequenz, noch ästhetischer Zwang. Sie ist vielleicht ethische Tugend unter der Bedingung, das Zusammenleben in die Ethik mit einzuschließen; das ist weniger geläufig. Den Begriff scheint es im klassischen Arabisch und Hebräisch nicht zu geben. Der Durchzug der Kreuzritter war, selbst auf christlicher Erde, verheerender als ein Erdbeben.
Toleranz ist eine Übung und eine Eroberung des eigenen Ich. Das bedeutet nicht, daß alle gleichzeitig recht haben können. Es gilt, sich selbst zu sagen: „Auch wenn ich mich im Recht glaube und überzeugt bin von einer Wahrheit, werde ich nichts tun, um sie anderen aufzuzwingen. Allerhöchstens werde ich mit ihnen so

lange diskutieren, bis sie von sich aus überzeugt sind."

Das ist nicht nichts, sondern sogar ziemlich viel, denn es ist die Voraussetzung und die Würze jeglichen Zusammenlebens: Ohne den kritischen Verstand zurückzuweisen, fordert Toleranz, zunächst allen die gleichen Voraussetzungen zuzubilligen und eine Wechselbeziehung herzustellen; das genau ist die doppelte Voraussetzung für einen wirklich universalen Geist.

Die Blätterkrone

Oft haben wir gesehen,
wie Macht verrückt werden läßt,
seltener, wie sie lächerlich macht

Der Reisende, der Istanbul besucht, ist erstaunt über die seltsamen Gräber, auf denen sich Turbane aus Steinen unterschiedlichen Umfangs auftürmen. Wenn man nach dem Grund dieser Unterscheidung fragt, wird erklärt, dies weise auf die relative Wichtigkeit des Verstorbenen hin. Je berühmter jemand war oder sich selbst dafür hielt, desto größer durfte der Turban sein; das war sein Recht.

Macht hat oft zu verrückten Handlungen geführt. Warum unternahm Napoleon, Herrscher über ganz Europa, den Rußlandfeldzug, der ihm zum Verhängnis wurde? Warum ließ sich Hitler, der überall siegte, vom gleichen Schnee verschlingen? Als ob die Geschichte nichts gelehrt hätte.

Seltener führt Macht zur Lächerlichkeit. Für einen Einwohner von Sirius wäre der bebänderte Putz von Ludwig XIV nicht weniger verwunderlich als die Blätterkrone afrikanischer Könige. Die osmanischen Sultane ließen sich „Schatten Gottes auf Erden“ nennen.

Alle verfolgen gleichermaßen das offensichtliche Ziel, diejenigen, die man beherrscht, zu beeindrucken, und zwar bis zu dem Punkt, an dem sie mit ihrer Knechtschaft einverstanden sind. Hohe Absätze, Perücken, Gold und Edelsteine lassen die reale Person unter den aufgeblähten Stoffen und den Anhängseln vergessen. Das geht so weit, daß der Herrscher schließlich selbst von seiner eigenen Pracht geblendet wird.

Macht ist ein Spektakel, in dem selbst der Mächtige eine Rolle spielt, die ihn einschließt und sich ihm aufdrängt. So wie Sexualität ist Macht Ausdruck vitaler Expansion, ein Instrument des Überlebens. Wenn niemand sie begrenzt, wird sie eine Art Krebs, der alles erstickt, was ihn umgibt.

Der „Mißbrauch“ von Macht erstaunt uns, obwohl jede Art von Macht dazu neigt, mißbräuchlich und ausschließlich zu sein. Gibt es nicht etwas Erbaulicheres als Auto zu fahren, wo jeder dem anderen sein Gesetz aufzwingen will, selbst wenn er dabei sein eigenes Leben riskiert? Der italienische Diktator Benito Mussolini, der als Devise „der Duce hat immer recht“ wählte, hatte auch als Sozialist angefangen.

Welch Glück, wenn die Umstände den Mächtigen nicht in einen tragischen Clown verwandeln! Wenn ein türkischer Sultan an die Macht kam, befahl er oft, eventuelle Rivalen zu erwürgen: seine Brüder, manchmal sogar seine eigenen Söhne. Bei der Lektüre von Saint Simon stößt man auf einige äußerst verdächtige Todesfälle im Königreich Frankreich.

Wenn es schwierig ist, eine Gesellschaft ohne gewisse Hierarchien zu organisieren, dann lassen Sie uns wenigstens etwas dafür tun, daß sie absetzbar sind. Begrenzen wir ihre Dauer und neutralisieren einen durch den anderen, statt sie sich vereinigen zu lassen. Letztlich war die beste Lehre von Montesquieu die der notwendigen Gewaltenteilung.

Und wenn Sie über irgendeine Macht verfügen, auch über legale - als Eltern, Lehrer oder Therapeuten -, dann mißtrauen Sie sich selbst. Mit Recht macht man sich über die „kleinen Chefs“ lustig; wer ist jemals davor sicher, sich in einen solchen zu verwandeln, wenn sich nur die Gelegenheit ergibt? Wie Alkohol muß auch Macht mit Bedacht konsumiert werden. Sonst sind Sie bald trunken davon.

Von der Redlichkeit des Stils

Klarheit ist Mut des Denkens und Höflichkeit; sie schafft geistige Ordnung

Während eines Diners bekam jemand am Tisch heftige Magenschmerzen. Glücklicherweise war ein Arzt anwesend, der nach der Untersuchung seine Diagnose bekanntgab: „Sie haben eine Gastralgie", sagte er. „Ist das schlimm, Doktor?", fragte der Kranke; „Was heißt Gastralgie?" „Gastralgie", erklärte er ihm, „heißt Magenschmerzen." Kurz: Der Kranke hatte über Bauchschmerzen geklagt, der Arzt hatte ihm bestätigt, daß er an Bauchschmerzen litt.
Viele unserer Ärzte gleichen Hypokrates in dieser Geschichte: Sie sagen einfache Dinge verschlüsselt, verdoppeln sie durch die Sprache.
Koketterie oder Wiederholung sind in der Literatur solange nicht verboten, wie sie sinnvoll sind. Molière mockierte sich über die lächerlichen Hochnäsigen, die „Bequemlichkeit der Unterhaltung" für Sessel sagten und einen Spiegel als „Berater für Grazien" bezeichneten.

Er sah nicht, inwiefern diese Manierismen die Unterhaltung bereicherten oder präzisierten.

Jargon und Verschleierung sind manchmal unerläßlich. Die medizinische Sprache ist ein Code, der es den Medizinern ermöglicht, sich ohne Mißverständnisse mitzuteilen. Es wäre wünschenswert, daß sich Philosophen, ebenso wie Physiker oder Chemiker, endlich über die gängigen Begriffe verständigten.

Litotes - die Redekunst der doppelten Verneinung - ist eine Vorsichtsmaßnahme, die unter tyrannischen Regimen notwendig ist; sie erlaubt Äußerungen, die den Autor nicht in Gefahr bringen. Das Feingefühl verlangt eher zu ahnen als offen anzusprechen. Hier gewinnt die Kunst, wie in der gelungenen Literatur des 18. Jahrhunderts.

Sprachliche Hochstapelei kann auch Scharlatanerie sein. Manche, die die oft vorherrschende Unsicherheit im Publikum angesichts Unklarheit und Wissenschaftlichkeit kennen, bevorzugen, sich kompliziert auszudrücken. Einer seiner Internatskameraden erzählte mir, daß Jacques Lacan, berühmt für den vagen Stil seiner Schriften, seine Texte erst seinen nahen Verwandten vorlegte; wenn diese sie verstanden, entschied er: „Jetzt verdunkeln wir." Er wußte, er konnte den Texten damit mehr Gewicht verleihen als mit Klarheit.

Während meiner Jahre als Dozent hatte ich ziemliche Schwierigkeiten, bei den Studenten gegen den Stil von Jacques Lacan anzukämpfen, dann gegen den von Roland Barthes, dann gegen den des Vicomte de Foucauld ... Sie glaubten, so am besten ihrer Epoche zu folgen; Ergebnis waren unlesbare Kopien. Hatte Descartes, äußerst klar in seinem Denken, weniger geistige Tiefe?
Es gibt eine Redlichkeit des Stils, die Mut des Denkens und Ehrlichkeit von Sitten ist. Schon Konfuzius wußte das. Die Ordnung der Buchstaben ist auch geistige Klarheit. Die Unbestimmtheit im Diskurs gereicht Demagogen zum Vorteil. Lehren wir die jungen Menschen, daß zu sprechen bedeutet, sich klar auszudrücken. Was die Zungenfertigen anbelangt, die meinen, so die Karten mischen zu können, werden sie da bestraft, wo sie sich versündigt haben. Cicero sagte über einen griechischen Philosophen: „Seine unklare Art zu schreiben sollte bewirken, ihn nicht zu verstehen; also sprechen wir nicht von ihm.“ Das machen die meisten Leute: Sie überlassen die Unklaren ihrer Unklarheit.

Fremde in Ägypten

Fremden gegenüber sollten wir uns vorstellen,
selbst fremd in einem Land zu sein,
dessen Sprache und Sitten wir nicht kennen

Das Flugzeug war fast leer, die Flugbegleiterin unterhielt sich gerne ein wenig: „Es ist langweilig, hundertmal Auskünfte zu geben, die schon auf dem Ticket stehen. Sobald sie einen Fuß an Bord setzen, frage ich mich, was mit ihnen los ist ..." „Sie haben die Frage schon selbst beantwortet", antwortete ich ihr. „Im Flugzeug begegnet ihnen das Unbekannte, sie hängen in der Luft, 10.000 m über dem Boden, getrennt von den Ihren, gestört in ihren Gewohnheiten: sie sind nicht mehr die gleichen."

Ich hätte hinzufügen sollen: Sie erwarten von Ihnen nicht nur Getränke und Bonbons, sondern sie wollen abgelenkt werden und sich sicher fühlen; deshalb wurde eine so charmante Frau wie Sie angestellt. Je weiter von zu Hause entfernt und je einsamer, desto verwundbarer fühlen wir uns. Die meisten Konferenzteilnehmer kennen in fremden Ländern diesen melancholischen Augenblick, den sie nach der Woge des Erfolgs allein in ihrem Hotelzimmer durchleben.

Betäubende Gelassenheit von Fernsehliebhabern, die ihren Kasten grölen lassen, unermüdliche Nachtleser: „Du brauchst nur zu schlafen"... Das ist keine geistige Grausamkeit, sondern mangelnde Vorstellungskraft; genaugenommen weiß der Partner nicht, wie man mit Lärm und Licht schläft.
Von den Studenten unserer Universität ununterbrochen schlecht behandelt, revoltiert der große Aufzug aus schwerem Metall manchmal; er hält zwischen zwei Etagen. Es kommt vor, daß einer darin, der bislang noch wortführend war, allerdings wissentlich zum Übergewicht beigetragen hat, bleich wird. Es kommt auch vor, daß einer seiner Kommilitonen ihn am Arm faßt und murmelt: „Er ist immer wieder weitergefahren." Hier hatte der Retter intuitiv die Panik seines Mitfahrers erfaßt.

Eine Versicherungsagentur gab die Devise heraus: „Wo immer Sie auch sind, was immer Ihnen zustößt, wir werden da sein, um Ihnen zu

helfen.“ Diese Werbemacher hatten ins Schwarze getroffen; sie wurden schnell von den meisten ihrer Kollegen imitiert.
Wir können uns schwer in die Lage jemand anderes versetzen, aber wir sollten es zumindest versuchen. In der Post wird der Schalterbeamte unruhig. Dreimal hat er seine Erklärungen gegenüber einem Touristen oder einem Immigranten wiederholt; umsonst: „Sie verstehen also kein Französisch.“ Nein, er mißversteht es. Einfachere Worte müssen gefunden werden, erklärende Gesten. Stellen wir uns vor, selbst fremd in einem Land zu sein, dessen Sprache wir nicht sprechen; beispielsweise im Land dieses Touristen, dieses Immigranten: Wie würden wir ihre Sprache sprechen? *Erinnert Euch immer daran, daß ihr selbst Fremde in Ägypten wart*, sagt die Bibel.

Das Gewicht des Todes

Der Tod belastet die Waage des Lebens

Am 17. Juli 1996 explodiert ein Flugzeug von New York nach Paris in der Luft: 228 Passagiere, keine Überlebenden. Dank des Fernsehens nimmt die ganze Welt an dem Horrorszenario teil. Tagelang werden wir Stunde um Stunde über den Stand der Nachforschung informiert. Im gleichen Monat zählt man, wie jedes Jahr um diese Zeit, täglich fünfzig Tote allein auf Frankreichs Straßen. Bis zum Ende des Jahres lassen zehntausend Menschen bei Unfällen ihr Leben, weitere zehntausende werden verletzt. Das gleiche Fernsehen bringt selten Informationen über das Massaker auf der Straße. Dabei gäbe es einiges zu sehen. Blutleere Kadaver, eingequetscht in Schrott, bei lebendigem Leibe Verbrannte in brennenden Autos, Wettrennen, heulende Sirenen, Ambulanzen ...

Nicht allen Toten messen wir gleiches Gewicht bei. Wenn eine Jugendliche nach einer Vergewaltigung ermordet wurde, ruft dieses grausame Verbrechen den Zorn der Öffentlichkeit hervor; wenn ein Kind, von einer Schlange gebissen, mit dem Tode ringt und schließlich verliert, trauern wir mit der Mutter; sie entscheidet sich, noch einmal schwanger zu werden.
Es ist die Frage nach dem Sinn, die dem Tod Wichtigkeit verleiht. Die Dramen, die sich auf den Straßen ereignen, sind die unausweichlichen Konsequenzen des modernen Lebens. Die Explosion des Flugzeugs New York - Paris war ein aggressives Attentat, das Wiedergutmachung fordert.
Es gibt den akzeptierten Tod und sogar den gern gesehenen, symbolischen. Wir können kaum ertragen, eine Frau bei der Geburt sterben zu sehen. Ein Lied der Republikaner verkündet, es sei „schön, für's Vaterland zu sterben."

Ein Held, wer bereit ist, für ein rühmenswertes Motiv zu sterben. Der Militante will nicht unbedingt sterben; er opfert sein Leben für ein besseres Leben. Der Märtyrer ist - die Theologie einmal beiseite gelassen - der Militante einer Kirche. Über das Vergnügen hinaus sind die

Draufgänger im Sport stolz darauf, die Leistungsfähigkeit des Menschen zu erhöhen.
Ein rhetorisches Wortduell stellt Philosophen der Zweckbestimmtheit ihres Berufes gegenüber: Die einen wollen helfen zu leben, die anderen zu sterben. Die Opposition ist trügerisch. Der Tod ist Teil des Lebensentwurfes, benötigt die gleiche Vorbereitung - und man stirbt so, wie man gelebt hat.
Die Überlebenden der Konzentrationslager berichten, daß diejenigen früher starben, die sich geweigert hatten zu leben. „Angesichts des Todes“ nicht verzweifelt sein erlaubt, besser zu leben. In der Gewißheit, sterben zu müssen, riechen die Blumen kräftiger, sind die Farben lebendiger und scheint die Sonne wärmer.

GANZ NORMAL VERRÜCKT

Wir sind alle ein wenig verrückt
aufgrund der uns eigenen Einbildungskraft

Am 14. Dezember 1995 fällte das Verwaltungsgericht in Berlin ein historisches Urteil: Die Sekte *Zeugen Jehovas* erhielt die Berechtigung, für sich den Status einer Religion in Anspruch zu nehmen. Wie die Protestanten und Katholiken erhält sie so einen Anteil der Kirchensteuern.

Die Entscheidung der ehrenwerten Versammlung stürzte Beobachter in Verwirrung. Das Urteil stützt sich auf das Alter der Organisation, die seit 114 Jahren besteht. Aber sollte die Förderung einer Sekte unter dem Vorwand, eine Religion zu sein, schlichtweg eine Frage des Dienstalters sein?

Bald melden sich noch Dutzende andere. Und warum, so fügt ein Kommentator hinzu, nicht die weltliche Gesellschaft der niederländischen Inder oder jener ehrwürdige Fußballclub? Wir sollten uns endlich über den Charakter von

Sekten und den tatsächlichen Unterschied zu den Religionen klar werden.

Wenn es nicht die Dauer des Bestehens ist, was dann? Die Anzahl der Anhänger? Aber müssen wir andererseits all die kleinen Völker als Sekten behandeln, die eine spezifische Religion haben? Die Huronen und die Irokesen? Wo sind die seltsamen Zweige der großen Religionen, die Mozabiten in der algerischen Wüste oder die Mormonen der Seen-Stadt? Wir können nicht umhin, ihre jeweilige Philosophie und ihr Verhalten zu analysieren.
Die Anforderungen der Logik wären hier wirkungslos, denn es handelt sich um Glauben. Das gleiche gilt für die offensichtliche Überspanntheit der Gläubigen und ihrer Praktiken. Ist es für einen objektiven Beobachter ungewöhnlicher, gesellig ein Tiertotem zu konsumieren als den Leib Christi in Form einer Hostie zu sich zu nehmen?
Und wie ist es mit der Gewalt? In dieser Hinsicht gibt es keinen großen Unterschied zwischen Sekten und etablierten Religionen. Waren die Kreuzzüge weniger blutig, die Kriege des Islam oder die Expeditionen buddhistischer Mönche? Aber, so wird man einwenden, die Religionen bedrängen nicht ihre eigenen Gläu-

bigen! Abwarten. Übertriebene Sittenstrenge, Verletzung des Körpers, unterbrochener Schlaf und bedingungslose Hingabe finden sich auch hier. Das Martyrium - religiöser oder politischer Art - ist in allen Traditionen zu finden.

Die Sekte ist nur im Vergleich zu den Mehrheiten skandalös, nicht für ihre Anhänger. Die Mormonen, die polygam sind, geben vor, moralischer zu sein als die übrigen Christen. Was wir als unzumutbare Zwänge ansehen, absurdes oder morbides Verhalten, gilt den Sektenmitgliedern als Beweis ihrer Überlegenheit.
Die meisten von uns sind irgendwo ein wenig verrückt, aber diese Verrücktheit scheint so lange nicht außergewöhnlich, wie sie sich mit unserer gemeinsamen Phantasiewelt deckt. Die Legitimität eines Gedankens oder eines Verhaltens, wie bizarr auch immer, kommt aus ihrer Institutionalisierung. Die *Zeugen Jehovas*, denen gerade der Status einer Religion zugesprochen wurde, weigern sich, einen Arzt an ihre kranken Kinder zu lassen. Die Richter in Berlin haben diese Verrücktheit legalisiert.
Aber ihr Verdruß ist verständlich. Wie Leute vor ihrem eigenen Willen schützen? Können wir jemals gänzlich die Phantasiemaschine abschalten? So ist die menschliche Natur. Lernen wir zumindest, die mörderischen Mythen, die

ökonomische und psychische Ausbeutung zu erkennen und die Profiteure zu decouvrieren.

Der Anwalt, die Justiz und die Wahrheit

Eine gerechte Sache kann ebenso in die Irre führen wie eine schlechte

Abu-Jamal, ein militanter Schwarzamerikaner, war angeklagt, einen weißen Polizisten getötet zu haben. Er sollte hingerichtet werden. Ich habe eine Petition von Intellektuellen unterzeichnet, die Gnade für ihn forderte. Mauriac sagte, man irrte selten darin, sich für das Leben eines Menschen einzusetzen. Aber als seine Verteidiger seine Freiheit forderten, fragte ich mich, ob er wohl schuldig sei. Darauf erhielt ich nie eine Antwort.

Der schwarze Fußballer Simpson, der seine weiße Frau und ihren Geliebten niedergeschlagen hat, ist unter dem Applaus der schwarzen Gemeinschaft freigesprochen worden. Man befürchtete rassistische Tumulte, aber mußte man deswegen dem Druck der Öffentlichkeit weichen?

Nachdem sie schon zum Tode verurteilt worden war, wurde das Leben von Sarah Barbagan, einer jungen Philippinin, die ihren Vergewaltiger getötet hatte, doch noch gerettet. Puuh! Aber die feministischen Organisationen verlangen darüber hinaus den totalen Freispruch. Die Vergewaltigung ist ein abscheuliches Delikt, aber muß es wirklich mit dem Tod sanktioniert werden?

In diesen drei Fällen haben die Justiz und die Vernunft verloren. Die Anhänger haben ihre Sache gegen die Justiz verfolgt, die Schwarzen haben ihre Gemeinschaft über die Wahrheit gestellt, die Feministinnen die Solidarität der Frauen über den gesunden Menschenverstand. In allen drei Fällen wollte man sozial schwache Individuen schützen, jedoch ist es nicht das Individuum, das den Sieg davontrug, sondern das austauschbare Glied einer Gruppe.
Nicht Sarah wurde von den Feministinnen verteidigt, sondern eine vergewaltigte Frau; Abu-Jamal und Simpson waren Schwarze, das genügte den Schwarzen, um sie für unschuldig zu erklären. Hat es wirklich ein Verbrechen gegeben? Wenn ja, worin lag dann seine Schwere? Diese Frage wird nicht gestellt.
In der Anpassung der Strafe an das Delikt hat die Menschheit einen beachtlichen Fortschritt gemacht; für Beleidigung wird niemand mehr getötet und kein Dieb gevierteilt. Diesem Prin-

zip abzuschwören, auch um einer Sache willen, von der man glaubt, sie sei richtig, wäre ein gefährlicher Rückschritt.

Die Justiz ist nicht perfekt, die Wahrheit ertastet sich ihren Weg. Aufgabe des Anwalts ist es jedoch, der Wahrheit so nah wie möglich zu kommen. Wenn er darauf verzichtet, sei es aus Charakterschwäche oder Taktik, aus Gefälligkeit oder gar Großzügigkeit, täuscht er zuallererst sich selbst.
Sarah Barabagan zum Tode zu verurteilen, war zu hart: Wir mußten gegen eine patriarchale Justiz protestieren. Ihr die totale Absolution zu erteilen, wäre aber auch zuviel: Die Kehle wurde dem Opfer im Schlaf durchgeschnitten, nicht etwa in Panik. Abu-Jamal reagierte vielleicht in Panik, aber das hatte den Tod eines Menschen zur Folge. Simpson, ein moderner Othello, wurde durch die Untreue seiner weißen Frau gedemütigt, aber sein Triumph beim Verlassen des Gerichtes war schamlos.
Am Ende seines Lebens entschied sich Jacques Berque, nur noch die Texte zu unterzeichnen, die er selbst verfaßt hatte. Das ist vielleicht überzogen, aber man sollte nur die Texte unterzeichnen, die man selbst hätte schreiben können.

Die Kehrseite des Gesprächs

Die Rückseite des Teppichs verrät seinen Wert

„Ich habe ihm nichts zu sagen, wir sprechen nicht die gleiche Sprache!“ Sind Sie da ganz sicher? Sie verstehen vielleicht nicht immer, aber Sie werden wahrscheinlich erstaunt darüber sein, bei einem Unbekannten mehr zu entdecken als bei einem vertrauten Menschen. In der Regel lerne ich, wenn ich mich mit Fremden unterhalte oder eine Zeitung lese, die nicht meiner Meinung entspricht, vorausgesetzt, daß ich dem, was meinen Anstoß erregt, die notwendige Aufmerksamkeit widme, und ebenfalls vorausgesetzt, daß Unterhaltungen in Gang kommen, die mich neugierig machen auf das, was sie wirklich sagen wollten. Um die Herkunft und die Echtheit eines Teppichs erkennen zu können, muß man eine Ecke umdrehen. Die mehr oder weniger feste Knüpfung und die Qualität des Schusses sind sichere Anhaltspunkte für das Können des Handwerkers.

Was wollen uns die Künstler sagen? Und die Mystiker? Die Schriftsteller fabulieren, aber sie bringen das zum Ausdruck, was sie nicht direkt sagen können. Welchem inneren Gott, wenn nicht dem Gott seiner Tradition, wendet sich der besinnliche Mensch zu?
Ist es Zufall, wenn die gesamte Literatur unablässig von Liebe singt? Die Gläubigen hoffen auf das ewige Leben und auf die Vergebung der Sünden: Ist das nicht die Übersetzung von zwei Urängsten, der vor dem Tod und der vor der Last der Schuld?
Warum sind wir so wütend, wenn ein Auto den Eingang unseres Hauses zugeparkt hat? Welche primitiven Ängste tauchen da auf? Als wäre der freie Zugang zu unserem Terrain Grundbedingung für unser Heil.

Nicht jede Meinung ist wahrhaftig oder respektabel; aber jede Meinung, auch die irrigste, enthält einen Sinn. Das Horn des Rhinozeros ist in Pulverform angeblich ein Aphrodisiakum. Dieses arme Tier wäre um ein Haar ausgestorben. Diese Leichtgläubigkeit belegt die männliche Besessenheit von sexueller Kraft.

Warum überdauern manche Werke jahrhundertelang? Warum bleibt ein Mythos lebendig? Doch nur, weil es Wünsche oder Ängste ausdrückt, die immer noch aktuell sind. Die Kraft von Utopien rührt nicht von ihrem Wahrheitsgehalt, sondern von ihren Versprechungen.
Um Menschen oder eine Zivilisation zu verstehen, muß man deren Träume interpretieren. Mythen sind kollektive Träume. Das beinhaltet weder Selbstgefälligkeit noch Passivität. Versuchen, besser hinzuhören, erlaubt eine bessere Einschätzung der anderen und seiner selbst. Das ist die Voraussetzung jeglichen vernünftigen Verhaltens.

Paradoxon des Friedens

Krieg zu gewinnen heißt,
den Gegner zu besiegen,
Frieden zu erlangen bedeutet,
sich selbst besiegen

Ein Kollege hat mir ganz verlegen anvertraut, die Angriffe mit dem Bajonett bereitetem ihm fast ein Gefühl des Vergnügens. Ich versicherte ihm, er sei nicht perverser als die meisten anderen. Die Zerstörung des Gegners um des eigenen Überlebens willen ist eine Quelle der Euphorie.

Ist der Mensch also von Natur aus gewalttätig? Die Frage ist wohl müßig. Um zu überleben, mußte der Mensch kämpfen, manchmal auch töten. Raubzüge und Gewalt bestimmten sein Verhältnis zu der Mehrheit seiner Zeitgenossen. Der Held - im Krieg oder im Sport - ist der Sieger, mit dem wir uns jubelnd identifizieren.

Nun sind wir immer noch in einem latenten Kriegszustand. Die Strategie einer Wirtschaftsgruppe unterscheidet sich kaum von den Schlichen eines kleinen Gauners. Jemanden unnütze Ware kaufen zu machen ist verschleierter Raub. Einen Konkurrenten zu ruinieren ist symbolischer Mord.

Der Größte in der Geschichte der Menschheit wäre, wer die Gewalt überwände. Krieg mit seiner allgegenwärtigen Gewalt verursacht mehr Tote als alle Krankheiten, mehr Zerstörung als alle Naturkatastrophen.
Darin sind wir uns einig: Es wäre klug, endlich Frieden mit unseresgleichen zu schließen. Warum also sind wir dabei bislang so kläglich gescheitert?
Muß man nicht unterstellen, daß ein Teil unserer selbst es nicht will? Der Besitz, also der potentielle Gebrauch von Feuerwaffen ist in Amerika keine Absurdität der Gesetzgebung, sondern inniger Wunsch seines Volkes.

Aber wer damit einverstanden ist zu töten, riskiert, getötet zu werden. Niemand steht im Dschungel unter Schutz. Wie ist dieser mörderische Kreislauf zu unterbrechen? Ermahnung allein scheint nicht zu fruchten, wir werden wohl Zwang ausüben müssen. Das ist das Paradoxon des Friedens: Um den Krieg zu gewinnen, muß man seinen Gegner besiegen, um

Frieden zu erlangen, müssen wir uns selbst besiegen.
Utopie? Im Moment sicherlich; aber wir haben keine andere Wahl. Wenn der Krieg nicht als Gesetzwidrigkeit eingestuft wird, d. h. außerhalb jeglichen Gesetzes, dann werden wir uns weiterhin gegenseitig töten. Krieg muß als obsolet gelten.
Glücklicherweise keimen in uns auch Rudimente von Liebe. Das Kind braucht den Erwachsenen wie der Erwachsene die Gruppe. Ist der Mensch dem Menschen ein Wolf, wie es Hobbes unterstellte, oder ein Gott, wie Spinoza es hoffte? Er ist beides; bekämpfen wir also den Wolf und ermutigen den Gott.

Das Metroticket

Wer gut regieren will,
sollte das Leben der Leute kennen

Bei einer Gegenüberstellung von zwei Kandidaten um das Präsidentenamt der Republik fragte der eine den anderen unvermutet: „Wissen Sie, wieviel ein Metroticket kostet?" Die Frage war um so peinlicher, als der Gefragte, ein Sozialist, eigentlich die Interessen der Armen verteidigen wollte. Erbost beschuldigte er seinen Gegner, das Niveau der Debatte zu untergraben.

Er irrte sich; der Preis des Metrotickets ist nicht unerheblich für die armen Schlucker. Anstatt sich irritieren zu lassen, hätte er seinerseits das Argument aufnehmen und fragen müssen: „Und Sie, wissen Sie, was ein Baguette kostet?"

Damit hätte er die Lacher auf seiner Seite gehabt; so aber mußte man einsehen, daß keiner von beiden die täglichen Sorgen seiner Wähler kannte.

„Was nutzt alles fromme Gerede, wenn man nicht mit den Leprakranken teilt, anteil nimmt an ihrem schweren Los?“, fragte Schwester Marie-Regina, Missionarin in Rawttakuppan. Ohne gleich nach solchen Höhepunkten zu streben, muß man das wirkliche Leben der Menschen kennen es bis zu einem gewissen Grad ausprobieren, um vernünftig regieren zu können.

Distanz erzeugt Unwissenheit. Wer nach einem Arbeitstag nicht das Zusammengepferchtsein in der Metro erfahren hat, das Stehen, die unangenehme Tuchfühlung, der wird kein Interesse haben, die kleinen und großen Miseren seiner zukünftigen Wähler zu verringern, und die werden sie ihm nicht verzeihen.

Vollkommene Gleichheit ist Utopie; aber eine zu große Distanz ist auch gefährlich. Es ist nicht gesund, daß die Kreativen schlechter bezahlt werden als irgendein Angestellter. Gern wird die Gleichheit der Chancen angeführt, aber die Ungleichheit der Risiken wird oft vergessen. Es ist nicht das Gleiche, ein Zehntel seines Gehaltes zu verlieren, wenn man eintausend Francs verdient oder zehntausend.

Ungerechtigkeit bringt eine Revolte hervor oder Apathie, günstig für Abenteuer. Staatsstreiche gelingen nicht ohne die Gleichgültigkeit der breiten Masse. Weit davon entfernt, die Autorität zu schwächen, stärkt die Gerechtigkeit sie vielmehr, denn sie verschafft ihr eine Legitimität.

Kluge Militärchefs wissen, wie wichtig die Moral für eine Armee ist und sorgen sich um das Alltägliche ihrer Truppen.

Karl der Große schickte Abgesandte in alle vier Himmelsrichtungen, damit sie in seinem Namen die Einhaltung der Gesetze überwachten.

Laut *Tausendundeine Nacht* hatte sein Zeitgenosse und Gesprächspartner Harun al-Raschid, der berühmte Abbassidenkalif, die Angewohnheit, als Kaufmann verkleidet alle Stadtviertel Baghdads zu besichtigen, um selbst festzustellen, wie seine Einwohner lebten. So konnte er lange regieren, gesegnet von seine Untertanen.

ARCHE DE LA DÉPENSE

Auch Arme brauchen Träume

Mußte man eine Expedition auf den Mond veranstalten, deren Kosten die Vorstellungskraft übersteigen? Mußte die Arche de la Défense gebaut werden, die auch Arche de la Dépense - Arche der Ausgaben - heißen könnte? Zwei Milliarden Francs, um ein Bild von Van Gogh zu behalten? Ausgerechnet jetzt, da wir Amazonien nicht gefunden haben, drei Millionen Arbeitslose im Elend leben, viele junge Paare mangels Wohnung bei ihren Eltern hausen?
Es scheint so. Seit der Seereise von Hanno, diesem Karthager, der es als erster gewagt hatte, Afrika zu umfahren, bis zu Louis Armstrong, der den Fuß auf den Mond setzte, haben Menschen stets versucht, unter Einsatz ihres Lebens irgendein Eldorado zu erreichen, eine sagenumwitterte Region, mal Goldland, mal Insel der Seligen.

Niemand zwingt erwachsene Menschen, vor einem Stier herzulaufen, dem es manchmal gelingt, sie zu zerstückeln. Wahrscheinlich ein Echo auf Opferhandlungen, wo der Mut zu einem schmeichelhaften, heldenhaften Bild von sich selbst verhilft.
Goethe erzählt, wie er als Kind eine „Gesellschaft des Verzichts" gründete, in der man sich verpflichtete, sich niemals um die Zukunft zu sorgen, noch um die Vergangenheit. Später, als Dichter, räumte er dem Wunschdenken Platz ein: Die Gegenwart nährt sich aus Erinnerungen und Zukunftsplänen.
Montherlant machte sich darüber lustig, daß er nur bestimmte Münder küssen könne. Denn ein Mund steht für eine Person. Niemals könnte eine Puppe, und sei sie die allerschönste, die komplexe Gegenwart eines lebendigen Wesens ersetzen.

Vielleicht hätte man nicht ausgerechnet in Marokko „die größte Moschee der Welt" errichten müssen, an der Elfenbeinküste nicht „die bedeutendste Kathedrale". Es wäre vernünftiger, zuerst denen zu essen zu geben, die Hunger leiden. Aber auch Arme brauchen Träume.

Feste und Spiele sind Verschwendung. Aber Helden lassen träumen, und Monumente sind steingewordener Ausdruck kollektiver Geschichten. Ohne diese Verschwendungssucht hätten wir weder Amerika entdeckt, noch hätten wir den Parthenon, die Hagia Sophia oder die Blaue Moschee.

Monumente sind Luxus und Guthaben. Es sind die Mächtigen, die sie bauen lassen, aber Paläste und Tempel gehören der Allgemeinheit. In der Nähe meiner Wohnung wird das *Hôtel de Beauvais* restauriert. Das wird 100 Millionen Francs kosten; aber was für ein zusätzliches Vergnügen bei unseren Spaziergängen! Wie trist wäre die Welt ohne Pyramiden, Jerusalem und Venedig!

Die Gedenkfeier

Sich der Vergangenheit zu verschreiben
ist ebenso falsch, wie sie zu leugnen

In Deutschland unterschätzt man immer noch die Bedeutung der Nürnberger Prozesse. Japan brauchte vierzig Jahre, um sich für die Greueltaten seiner Truppen zu entschuldigen. Ein solches Geständnis offenbart ein unerträgliches Bild von einem selbst. Noch erstaunlicher aber war die Beharrlichkeit, mit der die Opfer diese Anerkennung einforderten: wozu?

Bei der Aufdeckung der Greuel der Nazis entschied sich Jankélévitch, jeglichen Kontakt mit seinen deutschen Kollegen abzubrechen. Diese Entscheidung des Philosophen rief Erstaunen hervor. Sollte man etwa die deutsche Musik und Philosophie ignorieren, mit der Beethoven und Kant weiterhin die Weltkultur bereichern?

Dennoch gibt es eine Sache bei dieser strikten Ablehnung zu bedenken. Wie kann eine Mutter, deren Kind man weggenommen, vergewaltigt und getötet hat, dieses Trauma aus ihrem Gedächtnis löschen? Kann sie je verzeihen, ihrem Peiniger die Hand reichen?

ꝭ

Moralisten raten, Schuld zu vergeben. Aber so weit sind wir noch nicht! Wir begreifen die Auswirkungen der Gewalt erst allmählich. Indem sie so beständig Wiedergutmachung fordern - , sei es auch nur symbolisch -, sind es die Opfer selbst, die vehement wiedergutmachen.

Moralisch haben sie nicht einmal unrecht. Wenn Verzeihen lediglich einer Vergebung von Verbrechen gleichkäme, wäre es ungerecht. Henker haben Interesse am Vergessen, aber warum willigen Opfer darin ein, wenn sie doch keinerlei Ausgleich für erlitteten Schaden erhalten? Es ist nicht einmal sicher, ob ein mutiges Aufzählen unserer jeweiligen Verbrechen nicht heilsam für die ganze Menschheit wäre.

Am Ende seines Lebens willigte Jankélévitch ein, einen jungen Deutschen zu empfangen, der ihm einen bewegenden Brief geschrieben hatte. Endlich fand er, was er erwartete: Der junge Mann erkannte die Verbrechen seiner Ahnen an und bat im Namen seines Volkes um Vergebung.

ꝭ

Es ist ebenso falsch, sich der Vergangenheit zu verschreiben wie sie zu leugnen. Wer seine Ressentiments pflegt, zerstört damit sein eigenes Leben. Das Erbe des Hasses ist ein finsteres Geschenk für nachfolgende Generationen. Aber um die Vergangenheit zu bewältigen, braucht man eine korrekte Einschätzung, ohne Nachsicht und Illusionen.
Völker erkennen ihre Fehler nie gerne an. Allerdings wäre es ehrenvoller und fruchtbarer, sich seiner Vergangenheit zu stellen. Ein Geständnis ist gleichsam ein Versprechen, nicht wieder zu fehlen. Das ist der eigentliche Sinn der Absolution bei den Christen, die von Anerkennung der Fehler ausgeht und von Reue. Das ist, zumindest moralisch, auch Sinn der meisten Psychotherapien.
Ein Angedenken ist gut, wenn es anerkennt und bewältigt. Die Weisheit der Völker, die dem gesunden Menschenverstand entspringt, hat die Mitte zwischen Besessenheit und Vergessen entdeckt; es ist die Gedenkfeier, eine tragische Zeremonie, wiederkehrend und heilsam. Danach räumt man die Accessoires weg - bis zum nächsten Jahr.

Kultur als Idol

Die Sakralisierung der Kultur ist eine Art Götzenverehrung

Vor langer Zeit besuchte ich einen Freund, einen Geistlichen, um ihm mein erstes Buch zu schenken. Er dankte mir für die Widmung, hatte es aber bereits gelesen. Er machte mir ein Kompliment für manche gelungene Formulierungen, dann kritisierte er mich wegen der „unmenschlichen Gewalt", die einige Passagen seiner Meinung nach enthielten.
Ich revoltierte und forderte für „den Schöpfer" totale Freiheit. Im Laufe des Gesprächs erklärte ich ihm schließlich, er verstünde nichts von „der Schöpfung". Wir verabschiedeten uns ziemlich mißgestimmt voneinander.
Wenn diese Diskussion heute stattfände, gäbe ich ihm recht. Auch ich würde heute den Menschen vorziehen, auch vor der Kultur. Denn sonst riskiert man, in eine andere Art Götzenverehrung zu verfallen, nämlich die des kulturellen Werkes.

Was ist Idolatrie denn anderes als die Überbewertung eines Wesens oder eines Objektes bis zu dem Punkt, an dem man es über den Menschen stellt? Wenn ich heute wählen müßte, eine Oper zu gründen oder Hungrige zu speisen, würde ich zu allererst meine Mitmenschen sättigen.
Sicherlich, die Sache ist nicht einfach. Kultur ist eine wunderbare Zuflucht; die kulturellen Werke wischen unsere Ängste weg, erfreuen uns und lassen uns träumen. Die Tradition unversehrt zu bewahren, scheint der beste Schutzwall für das soziale Gefüge zu sein.
Letztlich bedeutet das, daß geringste Eingriffe in das kulturelle Erbe schon zweifelhaft und skandalös erscheinen. Schlimmer noch: Man verteidigt nicht nur die eigene Kultur, sondern muß auch andere überzeugen, sie ihnen gar aufzwingen, notfalls mit Gewalt.

Unversehens verkehrt sich das, was den Menschen dienen sollte, in ein Joch. Was Schutz und Freude war, wird unerbittlicher Zwang. Man muß „unbedingt" dieses Schauspiel sehen, jenes Buch lesen! - ordnen die Zeitungen an. Die Sakralisierung der Kunst hat - das sei festgehalten - die der Religion abgelöst.
Heute wünsche ich mir, daß mein Freund, der Priester, weitergegangen ist auf dem Weg, den

er mir gewiesen hat: Der Mensch muß immer über allem stehen. Ich stimme nicht mehr mit Bernard Palissy überein, der sein Leben und das seiner Familie geopfert hat, um das Geheimnis des Porzellans zu entdecken.
Die Kultur ist eine Gesamtheit aus Geräten, technischer, gedanklicher und fiktioneller Art. Aber genaugenommen haben Sie das Recht zu wählen, was zu Ihnen paßt. Wenn Musik Sie ermüdet, ist es zwecklos, im Konzertsaal gegen den Schlaf anzukämpfen. Heucheln Sie keine falsche Hingabe, lassen Sie sich nicht von diesem neuen Dogmatismus beeindrucken.

Die Weisheit des Chamäleons

Den Gepflogenheiten des Gastlandes folgen

Ein jüdisches Gebet erinnert den Gläubigen an diese wunderbare Regel: Wo immer wir leben, sollten wir den König des Landes wie unseren eigenen König anerkennen. Das bedeutet Loyalität gegenüber dem Souverän wie strikte Einhaltung der Gesetze des Landes. Descartes meint nichts anderes, wenn er rät, den Gebräuchen und Sitten der Menschen zu folgen, unter denen man lebt.

Vielleicht sagen Sie, dies sei die Moral eines Chamäleons, das immer die Farbe des Untergrunds annimmt; das sagt auch der gesunde Menschenverstand: es ist besser, unerkannt zu bleiben. Eigenheiten stoßen ab und rufen Feindseligkeit hervor. Der Konformist, der die allgemeine Meinung annimmt, kennt seine Interessen besser.

Wenn ich einen alten Hut meines Vaters trug, wurde ich in der Grundschule von meinen Mitschülern mit den Rufen verfolgt: „Schaut euch nur die alte Kappe an!“ Der lange Überrock, den Harninkontinenz notwendig machte, hat Jean-Jacques Rousseau sicherlich eher Steinwürfe eingebracht als seine Schriften.

Der Sachverhalt ist offensichtlich, aber warum wird er immer noch nicht wahrgenommen? Warum trägt jene junge Frau aus dem Maghreb, die zwar mit Begeisterung eine laizistische Schule besucht, einen Schleier, der ihre Schulkameraden verwirrt? Sicherlich gibt es religiöse Gründe, aber warum lassen sich dieser Tennisstar und jene hervorragende Skiläuferin, die in ihrer Wahlheimat gefeiert werden, nach Zulu-Mode frisieren?
Wir können darüber staunen oder lächeln: das Aufgeben dieser Bräuche eines anderen Kontinents käme ihnen wie Verrat vor, wie Selbstverleugnung und Mangel an Solidarität mit ihrer eigenen Gesellschaft.
Dieses Beharren auf Unterschieden, was wie Provokation aussieht, ist ein Ritual zur Selbstberuhigung. Es ist ein Zeichen der Zerbrechlichkeit im Exil, das Bedürfnis, sich an seiner Vergangenheit festzuhalten angesichts des Schwindels, den die Furcht des Ertrinkens im Ozean neuer Mitmenschen auslöst.

Aber auch wenn das Ritual die Bande der Zugehörigkeit festigt und damit die Angst lindert, so hat es doch nie jemanden gerettet. Als Hannibal vor den Toren Roms stand, flüchteten sich die verängstigten Einwohner in ein lange aufgegebenes Ritual: Sie brachten Menschenopfer dar. Ob das wohl ihre Stadt gerettet hat?
Später nahm ein Barbarenführer, resoluter als die Leute aus Karthago, Rom ein und plünderte es - trotz der gleichen Maßnahmen.
Schlimmer noch: Das spezifische Auftreten von Minderheiten birgt die Gefahr, sie von vornherein von ihren Mitbürgern zu trennen. Man kann die Ausgrenzung durch die Mehrheit beklagen; ihr predigen, daß die Integration von Fremden nur mit sehr viel Zeit zu erreichen sei. Aber da gibt es noch etwas: Auch die Mehrheit hat irrationale Ängste.
Wir können nur hoffen, daß die Menschen liebenswürdiger werden. Während wir, unglücklicherweise Mitglieder einer Minderheit, darauf warten, ist es klüger - gemäß dem zweifachen Rat des weisen Juden und des französischen Philosophen -, unsere Fremdheit eher abzumildern als sie zu kultivieren.

Das Gewicht der Welt

Zeichnen wir für alle und alles verantwortlich?

Leibniz glaubte, ein Schnipsen an einem Ende der Welt könne ein Beben am anderen hervorrufen. Alles sei im Universum miteinander verbunden, das glücklicherweise von einer einzigen Vorsehung gesteuert würde. Daraus ergäbe sich eine tröstliche Solidarität zwischen allen Menschen, die alle füreinander verantwortlich seien.

Anläßlich des schrecklichen Erdbebens in Lissabon machte Voltaire sich über den naiven Optimismus des deutschen Philosophen lustig. Eine merkwürdige universale Harmonie, die den Tod so vieler Unschuldiger, gar Säuglinge, zur Folge hatte! Wie hatte die Vorsehung das zulassen können?

Genau so wenig wie die Vorsehung, zeichnen wir weder tatsächlich noch von Rechts wegen verantwortlich für alle und alles. Glücklicherweise, denn sonst wäre unser Leben die Hölle. Die Welt der Lebewesen, Menschen inbegriffen, ist ein Dschungel. Angesichts von Kriminalität und andauerndem Unglück wären wir ewig schuldig, müßten das ganze Gewicht der Welt tragen.

Der gesunde Menschenverstand scheint auf der Seite Voltaires zu sein. Für jemanden verantwortlich zu sein, für ein Tier oder eine Sache, heißt, für sie zu sorgen. Dazu bedarf es der Macht. Verantwortung setzt Freiheit voraus, sie mißt sich an unserer Möglichkeit einzugreifen; wir sind nicht verantwortlich für unsere Ohnmacht.

Der kleine Prinz von Saint-Exupéry bittet den Fuchs, oft zu ihm zurückzukommen: So kann er sein Freund werden. Die Verantwortung setzt geographische oder psychische Nähe voraus. Wir fühlen uns kaum verantwortlich für Menschen, die räumlich oder kulturell zu weit entfernt sind.

Verantwortung ohne sichtbare Konsequenzenen hat Alibifunktion. Man kennt diese Leute, die sich um das Schicksal guatemaltekischer Bauern kümmern, an dem sie nichts ändern können, die sich aber nicht um das Schicksal alter Menschen in Paris scheren, denen sie tatsächlich helfen könnten.

Die Ironie des Franzosen und der Edelmut des Deutschen sind jedoch nicht unvereinbar. Voltaire machte eine Feststellung; Leibniz brachte eine metaphysische Vision zum Ausdruck, die Vision eines vereinigten menschlichen Universums, in dem die Rechte und Pflichten überall gleich sind: ein wunderbarer Wunsch.

Bislang ist die Verantwortung ein begrenzter Vertrag. Rüge und Strafe, Ursachen für Schuldgefühl, werden nur innerhalb der Grenzen dieses Vertrages als legitim empfunden. Die Verantwortung verhält sich proportional zur tatsächlichen Solidarität. Was haben wir unternommen, um das Massaker an 400.000 Ruandern zu verhindern? Was hätten wir tun können?

Unsere Verantwortung wächst jedoch in dem Maße, in dem unsere gegenseitige Abhängigkeit sich entwickelt. Das gegenwärtige fortschreitende Zusammenrücken menschlicher Gesellschaften wird wahrscheinlich neue Formen von Solidarität entstehen lassen. Also werden wir, ganz nach Leibniz, mehr und mehr füreinander verantwortlich sein.

Engel und Werwolf

Um ihre Ängste zu bannen,
haben die Menschen Schutzengel
und Werwölfe erfunden

Während seiner Militärzeit ertrank einer unserer Jugendfreunde im Meer. Als wir der Mutter die schreckliche Nachricht mitteilten, weigerte sie sich, sie anzunehmen. Ohne eine Träne zu vergießen beteuerte sie, ihr Sohn käme zurück; bis zu ihrem eigenen Tod reservierte sie ihm einen Platz am Tisch und hielt sein Zimmer in Ordnung.

Diese arme Frau war nicht verrückt geworden. Nur an diesem speziellen Punkt hielt sie wider alle Vernunft daran fest, daß ihr Kind lebte. Den Abgrund, der sich plötzlich unter ihren Füßen aufgetan hatte, schüttete sie kraft ihrer Phantasie zu.

Dieses erstaunliche Verhalten ist keineswegs selten. Es taucht in magischen Praktiken auf, um eine verlorene Liebe wiederzufinden, in die Zukunft zu sehen oder mit Verstorbenen zu sprechen. Daher auch die Phantasiegestalten, gutwillige oder böse, Schutzengel oder Werwölfe, die wir erfinden, um unsere Hoffnungen und Ängste auf sie zu projizieren.

ℵ

Unsere Phantasie hat eine Funktion: die Realität, die sie aufbaut, ist ein Mittel gegen unsere unbeherrschbaren Leiden. Individuelle wie kollektive Mythen sollen die Harmonie in uns und um uns wiederherstellen.
Stets ist die Rolle des Wunsches offensichtlich; man wünscht etwas so sehnlich, daß man es wirklich existent glaubt. Da wir überleben wollen, glauben wir an etwas Unzerstörbares in uns; da wir mit unserem Leben unzufrieden sind, stellen wir uns eine Zukunft im Paradies vor. Dann wird das Wort zur Sache und das Phantasiebild zur Realität.
Leider hat unser Jugendfreund die Hoffnung seiner Mutter nie erfüllt. Trotz der Versprechen des Hexenmeisters ist der geliebte Mensch nicht zu uns zurückgekehrt. Auch wenn der Wunsch den Glauben weckt, schafft der Glaube nicht das gewünschte Objekt. Der alte Plinius bemerkte ironisch, man brauche wohl kaum eine Armee, wenn die Magier wirklich die Macht hätten, Mauern zu zerstören.

ℵ

Unser Geist ruht auf drei Säulen: Gefühl, Phantasie und Vernunft. Wir müssen keine von ihnen opfern, sollten aber darauf achten, daß jede ihre Funktion erfüllt. Das Gefühl ist ein nützliches Signal, aber zu gegebener Zeit muß die Vernunft die Staffel übernehmen. Phantasie setzt sich zusammen aus Fiktion und Voraussicht; allerdings sollte niemandem ein X für ein U vorgemacht werden.
Aufgabe der Vernunft ist, sich nicht von diesen verrückten Hunden vom Denken abbringen zu lassen und der unablässig produktiven und gefährlichen menschlichen Phantasie auf die Spur zu kommen. Sie kann die Wahrheit verzerren und unerfreuliche Konsequenzen für das Verhalten haben. Der Glaube an ein zukünftiges Leben hindert vielleicht daran, sich in diesem Leben besser einzurichten.
Diese herausfordernde, doppelte Aufgabe der Philosophie ist nicht immer ohne Risiko für den Philosophen; man tastet nicht ohne Gefahr an den Krücken der Leute. Sokrates, der es versucht hatte, wurde dafür zum Tode verurteilt. Konfuzius lehrte, der Weise schulde dem Fürsten die Wahrheit, selbst wenn er sein Leben dabei riskiere. Dies sind Ehre und Sendung der Geistlichkeit: wenn sie die Wahrheit nicht suchen und herausschreien, wozu dienen sie dann überhaupt?

Das innere Land

Warum nicht die Seinen
tadeln, wenn sie im Irrtum sind
und die anderen loben, wenn sie es verdienen

Mit der Heimat wird man nie fertig. Ich habe ungefähr zwanzig Werke geschrieben; mein Heimatland ist darin überall präsent, direkt oder als Fiktion. Jene Philosophen amüsieren mich, die sich im Ideenhimmel niederlassen; hinter ihren kalten Apparaten werden die gleichen Nostalgien und Hoffnungen sichtbar.
Ich für meinen Teil jedenfalls habe das koloniale Drama beschrieben, weil ich es erlebt habe; ich habe die Verwüstungen durch die Herrschaft geschildert, da ich die Leiden von Beherrschten und die Deformationen von Herrschenden gesehen habe. Indem ich mich mit ihnen identifizierte, wurde mir die Unterdrükkung der Schwarzen bewußt und die Demütigung von Frauen.
So sehr, daß die Bestandsaufnahme des Erlebten für mich zu einem Ausgangspunkt geworden ist, zu dem man so schnell wie möglich zu-

rückkehren muß. Darüber hinaus bin ich der Überzeugung, wir können nur von uns selbst angemessen sprechen; ansonsten laufen wir Gefahr, uns in Wort-Jongleure zu verwandeln.

Mein ganzes Werk ist eine Sammlung meiner Bindungen; und - selbstverständlich - eine permanente Revolte dagegen. Mein Oeuvre war stets ein Versuch, die verschiedenen Teile meiner selbst miteinander zu versöhnen, meine Heimat mit ihren von Menschen überquellenden, kosmopolitischen Vierteln, in denen ich geboren bin, mit allem, was mir danach widerfuhr.

Bindungen woran? Ach, wenn ich das nur wüßte! Ich habe mich stets angebunden gefühlt mit einem Stahlseil, wie die Telefonkabel, die auf dem Meeresgrund liegen. Ich hätte nur meine kleinen Glücksmomente und meinen dumpfen Kummer wiederzukäuen brauchen. Schon in der Morgendämmerung der Nelkenpfeffer, der Rosenhonig, dann in der aufkommenden Hitze der schrille Anisgeruch, die zarte Bitterkeit des Basilikums, dann in der Dämmerung der unermüdliche Liebesgesang der Heuschrecken. Und das Meer! - dessen Wellen ich noch im kleinsten Wasserlauf suche...

All das bedeutet Sicherheit und Irritation zugleich. Können wir eine klare Linie wahren trotz unserer Launen und unseres Stolzes? Wie uns wappnen gegen die Vorstellung, Zeugnis ablegen zu müssen? Gegen seine Flut von Gefühlen, seine Pervertierung durch Vorurteile? Stets laufen wir Gefahr, ungerecht zu sein: Schließen wir uns der einen Herde an, müssen wir befürchten, die jeweils andere damit zu verraten!

Sollen wir also versuchen, die Ketten zu sprengen? Das hieße auch, sich selbst zu zerreißen. Des Menschen Leben ist kurz; doch habe ich darin eine große Lehre entdeckt: Anstatt sich die Seele in Fetzen zu reißen, sollte man jedem Teil den Platz lassen, der ihm gebührt. Wir sind nicht dieser *oder* jener, wir sind dieser *und* jener, und noch mehr.
Keiner hat das Recht, von uns die Verleugnung unserer Zugehörigkeit zu verlangen; im Gegenzug dürfen wir unseren jeweiligen Gruppen nicht in allem nachgeben. Wir sollten es wagen, den unseren die Schuld zu geben, wenn sie im Irrtum sind, und die anderen zu loben, wenn sie es verdienen, wie im Fußball, wo man den guten Leistungen der gegnerischen Mannschaft applaudiert.

Wir werden dabei nichts verlieren. Manche verstehen sich nur darauf, die Küche ihrer Mutter zu probieren; warum sich nicht an allen Küchen der Welt erfreuen? Die Liebe ist kannibalisch, warum sich nicht an der ganzen Menschheit nähren? Denn nur so hätten wir unser Menschsein erfüllt, zu dem wir bestimmt sind.

Die Zeit der Stämme

Es gilt, die Zugehörigkeit jedes einzelnen
zu respektieren
und dennoch einen gemeinsamen Nenner
zu erzielen

Wagen Sie ja nicht, sich über einen afrikanischen König lustig zu machen; Sie werden von irgendeinem intellektuellen Afrikaner, einem treuen Demokraten, der in Paris lebt, einen wütenden Brief erhalten, in dem Sie des Rassismus bezichtigt werden, was immer Sie auch behauptet haben.

Wagen Sie nicht, vor einem Muslim die Polygamie infragezustellen; er wird erwidern, daß die Okzidentalen genauso verfahren, nur heuchlerisch: Navigieren sie nicht oftmals zwischen Ehefrau und Geliebter? Lassen Sie sich nicht dazu hinreißen, eine „belgische Geschichte" vor belgischem Publikum zu erzählen oder eine „jüdische Geschichte" vor jüdischen Auditorium!

All diese Leute hängen so sehr an ihrer jeweiligen Gruppe, daß sie unfähig sind, zwischen ihrer demographischen Zugehörigkeit und dem bedingungslosen Verfechten all ihrer Sitten und Gebräuche zu unterscheiden.

Sie stehen damit nicht allein. Wir alle sind - mehr oder weniger - abhängig von unseren Ursprungsgruppen. Irgendwie sind wir so geschaffen, von unseren ersten Abhängigkeiten an: von unseren Eltern, dann von der Welt der Schule, und - noch vor der Nation - von Kirchen und Parteien.
Es scheint normal und gerecht, zuerst unsere Nächsten zu verteidigen. Fühlen wir uns nicht am wohlsten bei vertrauten Menschen, bei denen, die die gleichen Speisen essen, die gleiche Sprache sprechen? Wir müssen weniger in Frage stellen bei denen, die die gleichen Interessen haben wie wir. Wie viele würden die Interessen Europas verteidigen, wenn sie im Gegensatz zu denen ihrer Familie oder ihrer Nation stünden?

Aber wenn wir unsere Anlehnung an die Gruppe zum Leben brauchen, brauchen wir auch eine größere Ordnung zum Überleben. Ohne ein gemeinsames Gesetz gäbe es einen per-

manenten Kampf zwischen den Stämmen. Die Moral ist ein Versuch, die Aggressivität zwischen uns in Bahnen zu lenken.
Jede Abhängigkeit hat ihren Preis, wie auch immer sie sich legitimiert. Die Welt der Stämme ist die der Fanatismen; für sie zählt ihr Überleben mehr als Wahrheit oder Gerechtigkeit. Das wird deutlich im Chauvinismus beim Sport: Nicht den besten wird applaudiert, sondern den besten der unseren.
Auch wenn es vielleicht resignierend erscheint, so ist es gegenwärtig wohl das weiseste, die Gruppenbindung eines jeden als gegeben hinzunehmen. Dennoch müssen wir von allen die Anerkennung eines allgemeingültigen, einheitlichen Nenners fordern und uns Mittel verschaffen, seine Respektierung durchzusetzen, sonst geht das Massaker weiter. Nur ein gemeinsamer Nenner führt letztendlich zur Versöhnung aller Menschen.

Die Tasche voll Bohnen

Kunst ist Gefühl, Vergnügen und Können

Einmal erzählte ein Freund: „Ich war in eine Ausstellung gegangen, von der ich Zerstreuung und Bereicherung erwartete; was für eine Enttäuschung! Das Hauptwerk bestand aus einem Krokodil aus verwaschenen Stoffkugeln; ein anderes Exponat war ein Iglu aus Gips. Inmitten von unförmigen Schmierereien entdeckte man Anhäufungen von Steinen oder Eisenteilen, verschiedene Werkzeuge, zwei große ziemlich widerliche Nacktschnecken. Als ich dann in einen Raum kam, dessen Wände mit Rollen eines rauhen Materials ausgeschlagen waren, und der einen fast erstickte, verließ ich diese ungesunden Räumlichkeiten. Ich versuchte, den Sinn dieser Inszenierung zu erfassen, indem ich den Anschlag am Eingang las. Aber ach, der war noch unverständlicher als das Werk.

Als ich mein Erstaunen zum Ausdruck brachte, erbot sich ein Besucher, der besser informiert war, mich aufzuklären.

'Sie sind ja kaum drinnen geblieben!' ...
Ich führte es auf die verbrauchte Luft zurück, in der diese Pflanzenteilchen herumwirbelten. 'Entschuldigen Sie sich nicht!', antwortete er, 'es beweist nur, daß der Künstler sein Ziel erreicht hat.'
'Was ist denn sein Ziel?'
'Ihr Unwohlsein ist das Symbol der Unterdrükkung des Künstlers durch die Gesellschaft.'
Verunsichert entgegnete ich ihm, der Künstler, der so viel Raum erhalten habe, könne sich nicht über Unterdrückung beschweren. Außerdem sah ich keinen Zusammenhang zwischen diesem Symbol - und das war es ja - und irgendeinem ästhetischen Gefühl.
Er brach in ein so heftiges Gelächter aus, daß ich mich fragte, welche Dummheit ich geäußert hatte. 'Sie sind also die Schönheit suchen gegangen,' meinte er, als er sich beruhigt hatte, '***die*** Schönheit? Darum kümmern sich die Künstler schon längst nicht mehr. Definieren Sie mir doch diese famose Schönheit, wenn Sie können!' Ich war ganz schön in Verlegenheit. 'Ich weiß nicht ... ein glückliches Gefühl, von Harmonien zwischen Farben, Formen, Klängen erzeugt ...' 'Gefühl! Vergnügen! Harmonie!' lachte er höhnisch, 'nichts davon ist unerläßlich für die kreative Kunst, das sehen Sie hier sehr gut, selbst wenn ... Also, mein Lieber, Kunst ist Kunst, punktum!'

Ich reagiere schwerfällig, so blieb ich völlig sprachlos zurück. Erst als ich mir diesen Wust von angeblichen Meisterwerken nochmal vergegenwärtigte, wurde mir klar: Wenn die Kunst auf die Schönheit verzichtet, wird sie zu etwas x-Beliebigem, jedem x-Beliebigen ausgeliefert..."

Ich versuchte, meinen Freund zu beruhigen; all das beruhe vielleicht auf einem Mißverständnis: Man spricht weiterhin von Kunst, obwohl es sich wahrscheinlich um ein Spiel handelt.

„Das erinnert mich", sagt er, „an eine kleine Geschichte über Ludwig XI. Man sagte ihm, ein Mann wolle unbedingt zu ihm vorgelassen werden: er hätte ihm ein Wunder vorzuführen. Der König befahl, ihn eintreten zu lassen. Der Mann gab dem Großkämmerer eine Nadel und bat ihn, am anderen Ende des Raumes Platz zu nehmen. Dann zog er eine Bohne aus einer kleinen Tasche und warf sie so geschickt, daß sie sich auf die Nadel spieste. Die Anwesenden stießen ein „Oh!" aus ... Der Mann zog eine zweite Bohne heraus und führte das gleiche noch einmal vor; dann ein drittes Mal, ein viertes Mal ... Schließlich flüsterte der König seinem Schatzmeister einige Worte ins Ohr; dieser verschwand und kam mit einer Ledertasche zurück, die die gleiche Größe hatte wie die des fahrenden Gesellen. Als der Mann seine Belohnung erhalten hatte, dankte er dem König und verließ rasch den Audienzsaal. Aber als er auf der Straße mit zitternden Händen die Tasche öffnete, fand er darin Bohnen."

Von der Idolatrie des Gesetzes

Das Gesetz ist für den Menschen gemacht,
nicht der Mensch für das Gesetz

Rabelais, Racine, Beaumarchais zogen die pedantische Sorge um die Form, die in den Gerichtssälen herrschte, ins Lächerliche: „Die Fooorm!", rief Bridoison, komische Gestalt in der *Hochzeit des Figaro*, alle Augenblick aus. Diese aufsässige Ungeduld der Intellektuellen gegenüber den Juristen ist nicht immer vernünftig. Die Achtung vor dem Gesetz kennzeichnet den Übergang von der Barbarei in die Zivilisation; die Geschichte des Wilden Westen unter anderem hat uns davon überzeugt.

Natürlich darf dieser notwendige Garant für Personen und Güter sein eigentliches Ziel nicht vergessen und zum Selbstzweck verkommen. Es gibt auch eine Anbetung des Götzen Gesetz. Von „dem Gesetz" im majestätischen Singular zu sprechen, suggeriert seine Unabhängigkeit von Menschen, vom Raum und von der Zeit. Die Chinesen, ebenso wie die Römer, vertraten die Ansicht, die irdischen Gesetze

seien nur blasse Reproduktion von himmlischen Gesetzen; das bedeutete, daß derjenige, der gegen ein Gesetz verstieß, die kosmische Ordnung störte.
Hier wird klar, wie bequem das für die Mächtigen ist und welch zweifelhafte Konsequenzen den Freiheiten erwachsen. Unsere Zivilgesetze fordern die gleiche Verehrung wie die religiösen, deren Ersatz sie oftmals sind. Auch in laizistischen Staaten stirbt man für Prinzipien. Der „Formfehler“ ist die weltliche Form des Sakrilegs. Affären wie die um die Wanzen in der Redaktion vom *Canard Enchaîné* sind uns geläufig; dort hat der Kläger, der recht hat, schließlich unrecht, weil er nicht formgemäß geklagt hat.

Eine exzessive Rigidität verkehrt sich ins Gegenteil; die Form droht sich über das Gesetz zu erheben, das sie eigentlich schützen soll. Um die pompöse Ineffektivität von Gerichten lächerlich zu machen, vertraut Bridoie, der Rabelais'sche Vorfahr von Bridoison, das Urteil den Würfeln an. Das amerikanische Kino hat uns vertraut gemacht mit dem strengen Formalismus amerikanischer Gesetze, die den ehrlichen Menschen und den Gangster gleich behandeln.

In Schwarzafrika kursiert die Geschichte, Gott habe den Juden die Bibel, den Christen die Evangelien, den Muslimen den Koran gegeben; den Afrikanern gab er auch ein Buch, aber sie verlegten es: deshalb palaverten sie so lange. Das ist eine amüsante Demütigung. Die Afrikaner könnten sich damit trösten, daß das Fehlen eines fixierten Gesetzbuches ihnen ermöglichte, mehr auf die freie Ausdrucksmöglichkeit jedes einzelnen zu vertrauen.

Es lebe das Gesetz, Gründerin der Städte, letztes Bollwerke der Justiz! Unsere Gesellschaften, vor allem die großen, könnten ohne Codices und allgemeine Gesetze nicht existieren; Europa, das sich unter unseren Augen entwickelt, zeigt uns das. Um aber die Formel 'das Gesetz ist für den Menschen gemacht, nicht der Mensch für das Gesetz' zu parodieren: Die Angelsachsen, die in diesem Punkt auf der Seite der Afrikaner sind, haben fast keine geschriebene Verfassung; sind sie deshalb weniger gute Demokraten?

Wurzeln des Exils

Das Exil kann neue Wege öffnen

Nach brillantem Studienabschluß kam der junge Bonaparte nach Hause zurück und hoffte, Adjudant von Paoli zu werden, dem korsischen Nationalhelden. Aber die beiden Männer verstanden sich nicht. Der junge Napoleon kehrte also in die Metropole zurück, und kurze Zeit später war er Kaiser. Wäre er in Ajaccio geblieben, hätte er es dort zum Bürgermeister gebracht.

Diese Geschichte ist mir auf Korsika erzählt worden.

Und hier noch eine: Ein armer polnischer Jude kam nach New York mit einer Empfehlung für den Rabbi. Zufällig brauchte dieser einen neuen Küster. Aber als der Geistliche den Exilanten aufforderte, den Vertrag zu unterzeichnen, mußte dieser zugeben, daß er nicht schreiben konnte. Welche Katastrophe! Der Rabbi konnte doch keinen schreibunkundigen Küster einstellen. Einige Jahre später erhielt der Rabbi ein ansehnliches Geschenk; es kam von dem

ehemaliger Bewerber, der ihm dafür dankte, vom ihm abgewiesen worden zu sein: Hätte er den Posten angenommen, wäre er ein einfacher Küster geblieben.
Aber, werden Sie vielleicht sagen, war es nötig, daß Bonaparte Kaiser der Franzosen wurde und der Exilpole ein großer Geschäftsmann? Eine berechtigte Frage; ich wollte lediglich sagen, daß Verwurzelung keine zwingende Bedingung für Erfolg ist.
Das Glück, wird oft gesagt, liegt in der Rückkehr in die Heimat. Das ist nur bedingt wahr. Sich bei den Seinen einzurichten verschafft ein Gefühl von Sicherheit, befreit davon, um seine Stellung kämpfen zu müssen. Es läßt aber auch Bedauern aufkommen. Denn es gibt nur wenige, die lieber die ersten im Dorf sind als die zweiten in Rom.
Sartre beteuerte, ein Schriftsteller bringe fern seiner Heimat nichts Gutes zustande; das ist die Behauptung eines Moralisten, der soziale Pflicht und künstlerische Schöpfung, die sich eher aus Erinnerungen nährt, verwechselt. Joyce und Beckett, beide Iren, haben länger in Paris als in Dublin gelebt; Hemingway und die amerikanische *lost generation* haben sich am Montparnasse entfaltet.
In meinem Garten habe ich gelernt, daß ein einfacher Zweig wieder kleine Wurzeln bilden kann. Die Entwurzelung kann ein Unglück sein,

sie kann aber auch neue Wurzeln hervorbringen. Bauern wissen, daß die Veredelung von Tier- und Pflanzenarten von der Kreuzung abhängt.

Unsere ersten Eindrücke erzeugen in uns bleibende emotionale Prägungen, ganz gleich, wie alt wir werden oder welche Erfahrungen wir später machen. Ich habe harte Männer weinen sehen bei der Rückkehr an die Stätten ihrer Jugend; aber auch sie wußten, daß sie es dort keine 14 Tage aushalten würden.
Die Veränderung ist ebenso Quelle von Übeln wie sie unsere Fruchtbarkeit entwickelt. Die Menschen sind eine ruhelose und anpassungsfähige Spezies. Das hat sie die Welt erobern lassen. Dank dieser Beweglichkeit haben sich die Kulturen gegenseitig bereichert; der Handel und selbst der Krieg haben Erfindungen und Austausch von Ideen, Künsten und Gütern gefördert.
Wenn Sie von Zeit zu Zeit die Nostalgie einholt, reisen Sie doch für einige Tage in Ihren Geburtsort, sehen vergessene Gesichter wieder, kosten wieder altbekannte Gerichte, um dann, erfüllt und satt, ohne Bedauern und Gewissensbisse in Ihr Revier zurückzukehren.

EINE SPRACHE AUFGEBEN

Eine gemeinsame Sprache
für eine versöhnte Menschheit

Eines Tages nahmen die Menschen trunken vor Stolz den Bau eines Turmes in Angriff, der so hoch sein sollte, daß er den Himmel berührte. Über solche Anmaßung erbost, ließ Gott sie von ihren Gerüsten herunterfallen, und damit sie nicht wieder von vorne anfingen zu bauen, schlug er sie mit Verwirrung: anstatt eine einzige Sprache zu sprechen, sprachen sie auf einmal verschiedene Sprachen.

Diese Parabel läßt sich unterschiedlich auslegen; ich sehe hierin zwei Feststellungen des biblischen Autors: die Vielfalt der Sprachen ist eine Katastrophe, zumal sie eine Bestrafung ist; und um ein gemeinsames Werk zu schaffen, bedarf es einer gemeinsamen Sprache.

Unsere Zeitgenossen behaupten genau das Gegenteil dieser Offensichtlichkeit. Jeder beansprucht viel Raum für seine eigene Sprache. Sie sei schließlich nicht nur sein intimstes Gut, sondern auch ein unersetzliches Vehikel für die zwischenmenschliche Verständigung. Das ist nicht konsequent: Wie ließen sich so einander ausschließende Bestrebungen in Einklang bringen? Kann man einen universellen Plan für eine Einzeleinrichtung einfordern?

Die Muttersprache ist am ehesten geeignet, Übereinstimmung zu vermitteln, da sie ein Reservoir von gemeinsamen Gefühlen und Träumen ist. Franzose zu sein heißt vor allem, französisch zu sprechen. Bei beherrschten oder bedrohten Völkern wird die Sprache zum Zufluchtsort, dann zum Aushängeschild und Wertgegenstand: sie sei die schönste und nützlichste.
Aber jede eigenständige Sprache ist auch Ursache, sich auf sich selbst zu beschränken und andere auszuschließen. Ich erhalte ein kabylisches Manifest, dann eines von oppositionellen Türken: Außer den Untertiteln, die glücklicherweise in Französisch sind, sind sie mir unverständlich. War das der ideale Weg, mir ihre Anliegen nahezubringen?
Ist umgekehrt die dominierte Sprache der dominierenden zu nahe, scheinen Forderungen überflüssig. Ist es notwendig zu schreiben: „Mögen Sie sich bedienen!“ anstatt „Bedienen Sie sich!“, wie auf einer Tafel, die Produkte aus

dem Langue d'Oc anbietet, gesehen? Meine korsischen Freunde haben die Beschilderung verdoppelt, von jetzt an Korsisch und Französisch; abgesehen vom Nationalstolz ist kaum zu sehen, wozu das nutzt.

Afrika spricht etwa hundert Sprachen; Indien ein paar Dutzend; wollte man eine Vereinheitlichung, müßte man sehr gut auswählen. Europa würde sich damit schaden, wenn es nicht ein paar mutige Maßnahmen für die Sprachen ergriffe. Wir sollten uns damit abfinden, daß nicht alle Sprachen gleichzeitig eine universelle Bedeutung erlangen können.
Heißt das, es gibt Sprachen, die höher stehen als andere? Nein, es gibt weder überlegene Sprachen noch besonders reine oder heilige. Allerdings haben einige Sprachen, die von vielen gesprochen werden oder derer sich eine politische Macht bedient, Glück gehabt - ein Glück, das keineswegs beständig sein muß: Latein war das Werkzeug des gelehrten Abendlandes, heute ist es Englisch, morgen vielleicht Chinesisch.
Was wird dann aus den Muttersprachen, den nationalen Sprachen? Sie werden überleben, solange sie ihre eigenen Funktionen haben, z.B. die der stärkeren Vertrautheit, der Literatur

oder der lokalen Verwaltung. Aber die universale Sprache wäre für die weltweite Kommunikation der notwendige Code, der Code der Wissenschaft und Technik. Schon heute wäre es Masochismus, eine Entdeckung nicht in englischer Sprache zu veröffentlichen.
Erfreuen wir uns der Muttersprachen, verteidigen wir unsere nationalen Sprachen, aber nehmen wir auch die Sprache an, die von der Mehrheit gesprochen wird, und bringen wir sie unseren Kindern bei.

Das gemeinsame Gesetz

Gewalt beginnt da, wo das Gesetz aufhört

Homer erzählt davon: Als Olysseus, der auf dem unruhigen Meer umherirrt, die Vorräte zur Neige gehen sieht, begibt er sich an Land und und stiehlt Vieh. Wieder nach Ithaka zurückgekehrt, findet er sein kleines Königreich in Trümmern vor; da überfällt er seine Nachbarn. Bis ins 19. Jahrhundert handelten die nordafrikanischen oder europäischen Piraten nicht anders; mit dem Segen ihrer Regierungen kaperten sie fremde Schiffe.

Wären Sie damit einverstanden, wenn die Männer aus Savoyen sich - unter dem Vorwand des Mangels - auf die Männer von Tours stürzten, um ihnen ihr Hab und Gut und ihre Frauen wegzunehmen? Daß die Leute von Tours Toulon belagern, weil sie einen Zugang zum Meer brauchen? Diese Fragen mögen Ihnen absurd erscheinen, weil es allgemein anerkannte Institutionen für alle Franzosen gibt, die Streitigkeiten regeln.

Warum haben Libanesen nach langem Zusammenleben versucht, sich zu vernichten? Warum haben sich Serben und Kroaten, Armenier und Aserbaidschaner aufs Kriegführen verlegt? Weil sie ihre gemeinsame Jurisdiktion nicht mehr anerkannten. Wenn das Gesetz geht, überläßt es das Feld der Gewalt.

Das Gesetz ist das Gegenmittel zur Gewalt, da es den Wunsch jedes einzelnen enthält. Man verliert, da man keinen mehr ausrauben kann, aber man gewinnt auch damit, nicht mehr ausgeraubt zu werden. Das Gesetz ist allgemeingültig, weil es von der Vernunft bestimmt ist; das war die geniale Idee von Rousseau in seinem *Sozialkontrakt*. Aber wenn das Gesetz über Wünsche und Verlangen herrscht, unterdrückt es sie nicht; es muß sein eigenes Fortbestehen sichern.
Das ist das Paradoxe an der Gewalt: Ein Gesetzesverächter, der Gewalt angewandt hat, verdient es, Gewalt ertragen zu müssen. Das Gesetz droht Sanktionen an und - wenn nötig - den Gebrauch von Gewalt. Um Gewalt zu beenden, bedarf es - manchmal - einer größeren Gewalt.
Für Danzig sterben? Für Sarajevo? - das sind falsch formulierte Fragen. Das Gesetz muß

Raub und Mord zuvorkommen, auch wenn dabei andere Leben aufs Spiel gesetzt werden. Nach dem Gerichtsvollzieher kommt der Gendarm; fragt man sich denn, ob man Polizisten zu Strolchen schickt, Ärzte in Epidemiegebiete?

Nie zuvor ist eine vereinte Menschheit in so greifbare Nähe gerückt wie heute. Die Weisen haben immer davon geträumt, aber sie hatten nicht die Mittel, es umzusetzen. Wir haben sie allmählich; Flugzeug, Fax und Fernsehen haben mehr zum Kennenlernen der anderen beigesteuert als Jahrhunderte der Philosophie.
Wir entdecken unsere weltweite Solidarität; die Holzkohle, die von 1 Milliarde Chinesen verbrannt wird, bringt unsere ökologischen Errungenschaften ins Wanken. Gesundheit, Erziehung, Arbeit und bald auch das Wohnen kommen uns vor wie Naturgesetze. Das Bild des Menschen, des unbekannten Wesens, zeichnet sich immer klarer am Horizont ab.
Die Versammlung der Stämme hat die Überfälle gebannt; aus der Föderation von Provinzen ist die nationale Ordnung entstanden. Die Solidarität untereinander geht Hand in Hand mit der Herrschaft des Gesetzes. Wenn wir wirklich eine Weltordnung wollen, müssen wir den Gül-

tigkeitsbereich des allgemeinen Gesetzes ausdehnen - und ihm Achtung verschaffen.

Soll man darüber sprechen?

Schweigen über die Verbrechen
der Vergangenheit gereicht
kommenden Generationen nicht zum Vorteil

Spielbergs Film *Schindlers Liste* hat eine schmerzhafte Kontroverse wiederbelebt. Über das ästhetische Interesse an dem Werk hinaus konzentrierte sich die Debatte auf zwei Punkte: Kann man von Holocaust sprechen? Hat man das Recht, darüber zu sprechen?

Es gab Leute, die beides verneinten: es sei unmöglich, eine solche Katastrophe in Worte zu fassen, erst recht nicht in Bilder; es sei sogar skandalös, es zu versuchen, denn damit schwäche man den Horror ab.

Bei allem Verständnis für die Gefühle der Opfer, diese Blockade jeglicher Erklärung ist wohl kaum vernünftig, weder von der Sache her noch von der Moral.

Ohne mich allzu weit in eine derart erschütternde Domäne vorzuwagen, hatte ich in einer Studie über den Rassismus angedeutet, die Todeslager der Nazis seien das Ergebnis der Verteufelung von Juden und anderen Opfern der Nazis gewesen, wie die fortschreitende Vernichtung der meisten Beherrschten. Das warf man mir damals vor. Das war zu der Zeit, als Adorno naiv behauptete, man könne nicht mehr „wie vorher" leben und denken, nicht einmal mehr Poesie schreiben ...
Es gibt jedoch andere vergleichbare Versuche in der Geschichte; Stalin hat einige Millionen Russen umbringen lassen; in China sind Massenexekutionen üblich. Das schwächt die Ungeheuerlichkeit des jüdischen Holocaust in keiner Weise ab. Jedes Ereignis ist in seiner spezifischen Besonderheit zu sehen. Aber die vergleichende Studie jedes einzelnen Falles kann die anderen erhellen.

Wir verfügen kaum über entscheidende Arbeiten; glücklicherweise ändert sich das allmählich: nach und nach werden Teile dieses pakkenden Ruinenfeldes freigeräumt. So waren die Menschen, die mit dieser Vernichtungsmaschinerie zusammengearbeitet haben, nicht allesamt Monster oder Verrückte. Einige von ihnen haben darunter gelitten, manche haben sich sogar verweigert. Der deutsche Staat stellte den Nazis die Kosten für den Transport der Deportierten in die Todeslager in Rechnung - und der französische Staat tat das gleiche ... bis zur Grenze. Die Verwaltung funktioniert überall nach den gleichen Regeln.

Das sind die unangenehmen Wahrheiten über unsere Spezies, die wir zugeben müssen, wenn wir daraus Lehren für die Zukunft ziehen wollen. Das sei unmöglich, wird gesagt, das sei nicht vermittelbar. Aber jeder Schmerz ist letztlich unvermittelbar - ein Grund mehr, darüber zu sprechen. Diese Geschichte demonstriert eine Art von Wahnsinn! Das deutsche Volk sei Hitler in seinem Wahn gefolgt. Selbst das Delirium hat einen Sinn, den es zu entziffern gilt. Waren die Kreuzzüge weniger „verrückt"? Oder die Inquisition?

Letztlich ist es gar nicht sicher, daß dieses Tabu dem Seelenheil der Überlebenden nutzt, noch dem der Menschheit. Bettelheim konstatierte das starke Schuldgefühl der Kinder von Deportierten angesichts des Schweigens, das sie umgab. Es müßte ganz im Gegenteil alles getan werden, um jeden Tag mehr davon zu wissen, was geschehen ist; zweifellos hat Spielbergs Film dazu auf seine Weise beigetragen.

ANGST UND BEWUNDERUNG

An eine andere Welt können wir glauben oder nicht; es bleibt uns immer noch, diese zu verstehen und zu gestalten

In seinem philosophischen Testament hat ein Gedanke Einsteins die Gläubigen glücklich und die Agnostiker perplex gemacht: „In gewissem Sinne", erklärte er, „bin ich religiös." So schien der große Physiker am Ende einer Bilderbuchlaufbahn als Wissenschaftler ins Lager der Gläubigen zu wechseln. Damit steht er heute nicht allein.

Dagegen führen die Agnostiker die letzte Einsicht Voltaires ins Feld. Nach einer systematischen Untersuchung, die ernsthafter war als sie den Anschein hatte, und in der die Existenz eines Gottes ausgeschlossen wurde, hielt den Schriftsteller nichts mehr. Er schickte Theologen wie Philosophen weg. „Und jetzt", schloß er mit einer berühmt gewordenen Formulierung, „pflegen wir unseren Garten."

Descartes wäre sicherlich auf Voltaires Seite. Nachdem er seine Philosophie über Gott erarbeitet hatte, kam er nie mehr darauf zurück; all seine Zeit sollte er der Wissenschaft widmen. Wenn er sich noch mit Moral beschäftigte, dann geschah das auf Anfrage einer einflußreichen Freundin, Prinzessin Elisabeth.

Gemeinhin wird, zumindest in unseren Traditionen, zwischen drei Aspekten des religiösen Gefühls unterschieden: einer Gemeinschaft mit anderen Menschen, mit dem Universum und mit Gott. Die Führung dieser dreifachen Verbindung obliegt Priestern, die mehr oder weniger in Kirchen organisiert sind.
Vielleicht sollten wir zwischen Religion und religiösem Gefühl unterscheiden. Die Religion ist die soziale Organisation und die philosophische Übersetzung des religiösen Gefühls. Agnostiker verwerfen die dogmatische Globalität dieser Erklärung und die Einmischung einer Organisation. Die Existenz der Gefühle und Bedürfnisse aber, die ihnen zugrundeliegen, können sie nicht leugnen; es sind die Gläubigen, die die Kirchen erhalten.

Es wäre schade, wenn die Agnostiker wegen philosophischer Divergenzen und aufgrund von

Mißtrauen gegenüber klerikaler Macht zwei Grundgegebenheiten unserer gemeinsamen Existenz leugneten: die Solidarität unter den Lebewesen und das poetische Gefühl der Zugehörigkeit zum Kosmos.
Das ist es, was Einstein sagen wollte. Ein Mensch, der sich nicht der ungeheuren Komplexität der Welt bewußt wäre, wäre gewissermaßen blind. Er würde sich diese Angst ersparen, die Pascal angesichts der Unendlichkeit gefühlt hat, aber er würde sich auch dieses Erstaunens über das Edle im Menschen berauben.
Wir können die Dienste eines Priesters brauchen oder nicht, die Stellung der Kirchen verwerfen oder nicht, an eine jenseitige Welt glauben oder nicht; immer bleibt uns noch, diese unsere Welt gemeinsam zu verstehen und zu gestalten. Den Garten zu pflegen hindert jedenfalls nicht daran, zum Himmel aufzuschauen.

Die Frage nach dem Sinn

Alle Texte, auch die erhabensten,
sind Früchte des menschlichen Geistes

Diejenigen, die feierlich behaupten, sie seien mit der „Frage nach dem Sinn" beschäftigt, fragt einer meiner Freunde listig: „Aber was ist denn der Sinn der Frage?" Tatsächlich ist dies keineswegs klar. Wollen sie sagen, der Sinn eines Gespräches, eines Lächelns oder des Universums sei nicht offensichtlich? Behaupten, daß diese relative Unklarheit eine Mannigfaltigkeit möglichen Sinnes nahelegt? Das wäre eine Banalität, die so viel schulmeisterlichen Ernst nicht verdient.

Das würde allerdings nicht ausreichen, um unsere Sinn-Jäger zufriedenzustellen. Sie suchen nicht nur eine gewisse Verschiedenheit, sondern eine Unendlichkeit. Was bedeutet dieses Unendliche? Umberto Ecco, einer der Initiatoren dieser Vieldeutigkeit des Sinnes, hat sich gegen die Ausrutscher der Interpretation ausgesprochen. Man müsse in Zukunft auf die

Grenzen der Interpretation achten; es sei an der Zeit!

Das bedeutet nicht, jegliche Textauslegung zu verschmähen; die ehrliche *Erklärung des Textes* durch Lehrer ist eine ihrer nützlichen Varianten. Platon, Aristoteles oder Kant sind gut zu erklären. Warum also nicht die Thora, die Evangelien, der Koran oder die Baghavad Gita? Je dichter ein Text ist, desto mehr verdient er, sich mit ihm auseinanderzusetzen - vorausgesetzt, die Vielzahl der Interpretationen gleitet nicht in die Beliebigkeit ab. Die Unendlichkeit des Sinns könnte dann Unerschöpflichkeit der Interpretationsmöglichkeiten bedeuten, die alle den gleichen Absolutheitsanspruch haben.

Welcher Art wäre dieser Absolutheitsanspruch? Wäre er im Text selbst begründet oder im Kopf des Interpreten? Kierkegaard, berühmt für seine Provokationen, behauptet, daß die Interpretation eine Erfindung sei. Dieser absolute Sinn sei eine Art hinzugefügter Wert, im Zusammenhang mit dem Text vom menschlichen Geist erfunden. Aber auch das ist letztlich eine Banalität. Tatsächlich unterstellt man, aufmerksames Lesen vermittle Zugang zu einer höheren Ebene von Wirklichkeit.

Dieser höchste Sinn läge über den elenden kleinen, verschiedenartigen und verstreuten Sinnen der Wissenschaft oder Philosophie. Er fände sich einzig in den traditionellen Texten wieder, in denen die Geheimnisse begraben liegen, die wir mühsam entziffern müssen.
Man ahnt die treibende Feder: Wenn alles Unbekannte, das, was in uns ist und das, in dem wir schwimmen, schon insgesamt in einem Buch ist oder sogar auf einigen Seiten, die man nur zu befragen bräuchte, was für eine Erholung wäre das für den Geist!

ထ

Jetzt wird klar, wozu endlose Kommentare gut sind. Jede Zeile, jedes Wort, jedes Zeichen dieser unerschöpflichen Texte könnte uns unzählige Schätze liefern. Ein jüdischer Autor, Claude Vigée, gab vor, den ganzen Judaismus im Buchstaben Jod zu finden, dem kleinsten des hebräischen Alphabets. Vigée ist ein Dichter; aber der traditionelle Philosoph Lévinas sagt nichts anderes.
Kämen wir auf die Idee, in einem Satz von Hippokrates, in einem Wort oder einem Buchstaben die gesamte Medizin zu suchen, in einer Passage von Aristoteles über die vier Elemente die Physik des Universums? Freilich, Hippokra-

tes war nur ein Medizin-Philosoph, Aristoteles nur ein großer Philosoph.

Ach, wenn es tatsächlich mehr Dinge auf der Erde, im Himmel und im Wasser als in den menschlichen Köpfen gibt, seien sie auch so begabt wie die Autoren dieser ehrwürdigen Texte, so sind alle auch nur erdenklichen Texte immer noch Frucht menschlichen Geistes ...

Der Kapitän unseres Schiffes

Von unseren Sinnen in die Falle gelockt,
von unseren Gefühlen überschwemmt,
von unserer Vorstellungskraft getäuscht,
sollten wir uns wieder
unserer Vernunft zuwenden

Wie können Sie es wagen, ohne zu lachen von Verstand zu sprechen, wenn Ihr Magen Sie plagt, Sie sich um Ihren Arbeitsplatz sorgen, Ihre Kinder Sie vernachlässigen, Ihre Frau launisch ist und die Welt verrückt geworden zu sein scheint?
Wie können Sie sich ohne eitlen Stolz oder lächerliche Leichtfertigkeit mit Vernunft brüsten, wenn so oft - wie Sie selbst eingestehen - Ihre Gefühle Herr über Sie werden, Ihre Sinne Sie in die Falle locken und Ihre Phantasie Sie täuscht?
Aber vielleicht ist das ja Vernunft? Das Bemühen, sich über alles klar zu werden, wie ein guter Kapitän, der, wenn er seine Route ausgemacht und die Risiken einkalkuliert hat, sich bemüht, stets den richtigen Kurs zu steuern?

Was wurde nicht alles mit der Vernunft in Zusammenhang gebracht! Sie sei gleichzeitig dogmatisch und kleinkariert, übertrieben ehrgeizig und unfähig, das Wesentliche der Wirklichkeit zu treffen. Noch schlimmer: ihre Exzesse seien verantwortlich für manche Verbrechen; die Schrecken des Nationalsozialismus oder des Stalinismus seien die Konsequenzen eines nur vernunftorientierten Konzeptes von Mensch und Geschichte.

Müßten also nicht die Leidenschaften der Vernunft gezügelt werden, müßte sie nicht durch Gefühl und Intuition differenziert, ihr Wirken nicht durch Moral, wenn nicht gar metaphysische und religiöse Imperative begrenzt werden? Wird sich die rasende Entwicklung der heutigen Wissenschaft nicht katastrophal auswirken auf unsere Spezies?

Das ist die moderne Version einer sehr alten Angst. Bei jedem Wissensfortschritt werden wir von Panik ergriffen. Der Mythos vom verrückten Wissenschaftler schließt sich nahtlos an den des bösen Zauberers an. Als ob man ernsthaft darauf beharren könne, in Unwissenheit besser zu handeln! Sollen wir denn auf die gentechnische Medizin verzichten und zu Kräutern und Aderlaß zurückkehren?

Rationalismus ist weder eine Religion noch ein Dogma; er ist eine Methode, deren Werkzeug die Vernunft ist, er ist eine geistige Grundhaltung, nämlich die des kritischen Geistes, kritisch zunächst gegen sich selbst. Wenn gewisse Wissenschaftler, meist Philosophen, hingerissen vom Rausch des Fortschritts, sich einbilden, eine erschöpfende Erklärung des Universums vor sich zu sehen, ist das lediglich Wunschdenken und Hypothese.
Von Sokrates über Leibniz und Schopenhauer bis Freud wissen wir, daß ein großer Teil unseres Selbst sich der direkten Kontrolle entzieht. Aber seit Sokrates und der griechischen Wissenschaft strengen wir uns an, dieses Unbekannte zu reduzieren, um schließlich besser zu handeln. Wir versuchen, zwischen Feststellung und Wunschvorstellung zu unterscheiden, zwischen Urteil und Vorurteil.
In diesem wunderbaren Unterfangen ist die Vernunft unser Kapitän. Er kann sich irren, mittelmäßig steuern, frei, seine Berechnungen zu überprüfen und seinen Kurs zu korrigieren; aber was sollen wir ohne ihn machen? Uns lieber Demagogen und Hexern aller Art zuwenden?

MEIN LIEBLINGSTIER

Der Mensch ist nicht perfekt, aber er ist mein Ebenbild und ich habe kein anderes

Ein cleverer Politiker sagte einmal: „Der Sozialismus funktioniert nicht!" Dieses harte, aber wahre Wort traf ins Schwarze. In löblicher Absicht streben die Sozialisten eine wirtschaftlich und moralisch gerechte Welt an. Dennoch sind die Wähler nach jedem ihrer Regierungsexperimente enttäuscht und entmachten sie.

Man könnte hinzufügen, auch der Kapitalismus sei gescheitert. Seine Verfechter beteuern, die Freiheit des Unternehmertums garantiere allgemeinen Wohlstand, Rückgang der Kriminalität und Frieden zwischen den Völkern. Dennoch bleibt die Armut besorgniserregend, steigt die Kriminalität und geht Macht weiter vor Recht - gerade in den liberalsten Ländern.

Ebenso haben die beiden Philosophien versagt, die das Abendland regierten: Christentum und Marxismus. Die Christen, die weltweite Liebe gepriesen haben, haben nie aufgehört, Kriege zu führen, und das meistens untereinander. Die Marxisten, die eine glückliche Menschheit versprochen haben dank Überfluß, Gerechtigkeit und Freiheit, haben Staaten mit Hungersnot und Tyrannei geschaffen.

Aber, mag man einwenden, hätten die Menschen wirklich diese Ideale verfolgt, wären sie besser miteinander umgegangen, hätten sie sich für das Volk aufgeopfert, dann wäre es nicht zu diesen Fehlschlägen gekommen! Kurz, wenn die Menschen perfekt gewesen wären, wären die Systeme perfekt gewesen; sie hätten gleichzeitig die Unfehlbarkeit der Lehren belegen können ...

Aber der Mensch ist nicht perfekt. Wie auch! Diogenes ging am hellichten Tag mit einer Laterne spazieren, um einen aufrechten Menschen zu finden; mit diesem Scherz wollte er nur demonstrieren, daß es den nicht gibt. Der Mensch ist nicht der Systeme unwürdig, vielmehr muß man sich fragen, warum die Systeme unbrauchbar sind. Wäre der Mensch perfekt, bräuchte er keine Moral, keine Religion, kein Recht, nicht einmal die Kunst.

Schopenhauer verglich die Menschen mit Igeln: Ihr Bedürfnis nach Wärme läßt sie zusammenrücken; aber ihre langen spitzen Stacheln zwingen sie, eine gewisse Distanz zu wahren. Der Mensch ist gierig, hinterlistig, gewalttätig, verlogen, zu allem fähig; aber er ist mein Ebenbild und ich habe kein anderes. Unter den Menschen finde ich Hilfe und Wärme; sie will ich gerne unterstützen. Der Mensch ist ein Tier, aber er ist mein Lieblingstier.

Wenn ich wagte, mich als Philosoph zu bezeichnen, dann würde ich meine Philosophie folgendermaßen zusammenfassen: Was soll der Mensch vernünftigerweise denken und tun, da er ist, wie er ist? Ich würde den Menschen zum Mittelpunkt meiner Überlegungen und zum Ziel meiner Handlungen machen. Wenn es für das Zusammenleben notwendig ist, daß jeder seine Wünsche einschränkt, dann würde ich von niemandem mehr fordern, als er ertragen könnte. Stets voller Mitgefühl für die Schwächen meiner Ebenbilder würde ich sie vom Dienst an jenen Götzen fernhalten, die ihnen Hilfe vorgaukeln, um sich schließlich gegen sie zu wenden.

In Paris gibt es ein Museum mit dem wunderbaren Namen *Le Musée de l'Homme* - Museum des Menschen. Es zeigt dank unzähliger Sammelobjekte aus allen Kontinenten gleichzeitig die Vergänglichkeit von Zivilisationen und den frappierenden Einfallsreichtum jedes einzelnen ihrer Mitglieder. Diese begeisternde wie zwiespältige Lektion sollten wir unseren Kindern vermitteln und uns selbst stets in Erinnerung rufen: In jeder Stadt der Welt sollte ein *Musée de l'Homme* eröffnet werden.

Wochenlang hatte ich weder Kraft noch Lust, dieses Manuskript zu beenden.
Jeden Morgen versuchte ich es aufs Neue, mich an die Arbeit zu setzen, dann wandte ich mich mit Widerwillen ab. Am Nachmittag setzte ich mich wieder dran, ohne jedoch nennenswerte Fortschritte zu machen.
Heute habe ich mich entschieden, wirklich zu einem Ende zu kommen; ich verbot mir auszugehen oder zu schlafen, selbst zu essen. Und, oh Wunder, ich bin fertig geworden!
Ich habe den ganzen Tag lang gearbeitet und konnte in der Dämmerung mit roter Tinte über die ganze Seite das Wort ENDE schreiben. Ach, welch ein Glück!

INHALT